AF107319
www.ingramcontent.com/pod-product-compliance
Lightning Source LLC
LaVergne TN
LVHW010409070526
838199LV00065B/5926
9789369088744

جدید اردو افسانے

(حصہ: اول)

مرتب:

مشرف عالم ذوقی

© Musharraf Alam Zauqi

Jadeed Urdu Afsane - 1 *(Anthology)*
by: Musharraf Alam Zauqi
Edition: February '2025
Publisher :
Taemeer Publications LLC (Michigan, USA / Hyderabad, India)

ISBN 978-93-6908-874-4

مرتب یا ناشر کی پیشگی اجازت کے بغیر اس کتاب کا کوئی بھی حصہ کسی بھی شکل میں بشمول ویب سائٹ پر اَپ لوڈنگ کے لیے استعمال نہ کیا جائے۔ نیز اس کتاب پر کسی بھی قسم کے تنازع کو نمٹانے کا اختیار صرف حیدرآباد (تلنگانہ) کی عدلیہ کو ہو گا۔

© مشرف عالم ذوقی

کتاب	:	**جدید اردو افسانے** (حصہ: 1)
مرتب	:	**مشرف عالم ذوقی**
صنف	:	فکشن
ناشر	:	تعمیر پبلی کیشنز (حیدرآباد، انڈیا)
سالِ اشاعت	:	۲۰۲۵ء
صفحات	:	۹۲
سرورق ڈیزائن	:	تعمیر ویب ڈیزائن

فہرست

(۱)	فدا علی، کریلے اور اردو	ذکیہ مشہدی	6
(۲)	استفراغ	سلام بن رزاق	16
(۳)	بازگشت	علی امام نقوی	28
(۴)	لکڑبگھا چپ ہو گیا	سید محمد اشرف	33
(۵)	بگولے	شموئل احمد	42
(۶)	فرار	عبدالصمد	50
(۷)	سدھیشور بابو حاضر ہو جائیں	حسین الحق	59
(۸)	ہذیان	خالد جاوید	74

فدا علی، کریلے اور اردو

— ذکیہ مشہدی

نوادرات کا وہ دلال پھر آیا تھا۔ سنگ مرمر کی جالی کے ڈیڑھ لاکھ لگایا گیا تھا۔ تفضل حسین راضی نہیں ہوئے۔ وہ ڈھائی سے نیچے اترنے کو تیار نہیں تھے۔ ابتدا تو چار سے کی تھی۔ عظمت رفتہ کے دام اب اور کتنے گریں گے۔

''ہائی پاپا!''

ان کی بڑی لڑکی سمیرہ ٹینس ریکٹ ہلا کر انہیں جدید سلام کرتی ہوئی گزر گئی۔ آج سنیچر کی شام ہے۔ سمیرہ ٹینس کھیلنے جاتی تھی اور وہاں سے سیدھی والدین کے یہاں آجایا کرتی تھی۔ اس کے شوہر اسی شہر میں کامیاب وکیل ہیں۔ دیر سویر وہ بھی آجائیں گے اور رات کا کھانا حسب دستور قدیم سب اکٹھے مل کر کھائیں گے۔ آج کل رونق میں مزید اضافہ ہو گیا تھا۔ سمیرہ کے دونوں بچے دلی سے گھر آئے ہوئے تھے جہاں وہ بورڈنگ اسکول میں پڑھ رہے تھے۔ گرمی کی طویل چھٹیاں تھیں۔

''زینت آپ بڑی خوش قسمت ہیں۔'' سید تفضل حسین نے جو دوست احباب کے درمیان ٹوٹو حسین کہلاتے تھے اور اپنی اچھی صحت اور خوش و خرم زندگی کے سبب قابل رشک سمجھے جاتے تھے، بیوی کو مخاطب کر کے یہ جملہ کئی بار دہرایا تھا کیونکہ ان کی عمر کے زیادہ تر جوڑے انتہائی تنہا، بے زار اور بور ہو چکے تھے۔ خود ان کے اپنے دو بیٹے سات سمندر پار سے ٹیلی فون پر سنائی دینے والی آوازوں میں تبدیل ہو چکے تھے۔ پھر بھی زندگی میں چہل پہل پاتی تھی اور اس چہل پہل کا بڑا حصہ شہر میں سمیرہ کی موجودگی سے عبارت تھا۔ بڑھاپے میں میاں بیوی بالکل ہی اکیلے ہو جائیں تو یا تو ایک دوسرے سے لڑتے ہوئے گزرتی ہے یا اس خوف میں کہ ایک مر گیا تو دوسرے کا کیا ہوگا۔ ویسے زینت حسین بھی ایک بڑی فعال خاتون تھیں۔ بہت سی سماجی سرگرمیوں میں حصہ لیتی تھیں جن میں اردو کی بقا و ترویج کے لیے کام کر رہی ایک

انجمن کی سر پرستی بھی شامل تھی۔ انجمن ایک سنڈے اسکول چلاتی تھی جس میں بیک وقت پانچ سات طلبہ ضرور آ جایا کرتے تھے۔ عموماً دو تین مہینے سے زیادہ نہیں ٹکتے۔ انجمن کے اراکین پانچ دس پھر پکڑ لاتے۔ گرمی کی تعطیلات میں یہ تعداد کچھ بڑھ جاتی تھی اس طرح اوسط برقرار رہتا تھا۔ حال ہی میں ان لوگوں نے دکانوں، دوسری تنظیموں اور دفتروں وغیرہ کے بورڈ اور ناموں کی تختیاں اردو میں لگوانے کی مہم بھی چلائی تھی۔ اس میں زینت بیگم تندہی سے حصہ لے رہی تھیں۔ آج وہ ذرا دیر سے لوٹی تھیں اور منہ ہاتھ دھو کر سیدھی ڈائننگ روم میں آ گئی تھیں۔

کھانے کی میز پر سمیرہ خانساماں کو چھیڑنے میں مصروف تھی جن کی بڑی روایتی چڑ تھی: کریلے، گرچہ وہ نہایت لذیذ قیمہ بھرے کریلے پکایا کرتے تھے۔

''ماشاء اللہ بال بچوں والی ہو گئیں سمیرہ بی بی۔ ہم اس ڈیوڑھی پر بڈھے ہو گئے مگر چھیڑنے سے باز نہیں آتیں۔'' فدا علی منمنائے۔

دونوں ٹین ایج بچے زور سے ہنسے۔ فدا علی کریلے۔ فدا علی کریلے۔ ارے ہم آپ کو چڑا نہیں رہے ہیں۔ ہم تو کریلے ادھر مانگ رہے ہیں۔

فدا علی کو معلوم ہے بچے کریلے قطعی نہیں کھاتے۔ بالکل ایسے ہی جیسے وہ اردو قطعی نہیں پڑھنا چاہتے، لاکھ بیگم صاحبہ کہیں۔ یوں تو سمیرہ بی بی نے ہی کون سی اردو پڑھ کے دی۔ مولوی صاحب رکھے گئے تو ان کی کرسی میں گوند انہوں نے لگایا۔ ڈونگے میں مینڈک کے بچے بند کر کے ڈونگا پیش کیا۔ مولوی صاحب کو ایک دن کھیر کھلائی گئی تو سمیرہ بی بی اور سیف بھیا نے ان سے کہا کہ کھیر بلی نے جوٹھی کر دی تھی اس لیے انہیں دی گئی ہے اور جو بھی ماسٹر صاحب اردو کے لیے رکھے گئے انہیں بھگا دیا۔ اب کبھی قرآن پڑھنا ہوتا ہے تو یا انگریزی ترجمہ پڑھتی ہیں یا ہندی۔ ارے فدا علی علم تو کسی بھی عمر میں حاصل کیا جا سکتا ہے۔ تم روز شام کو مجھ سے اردو پڑھا کرو۔ (انجمن کے اعداد و شمار میں اضافہ ہو جائے گا)

''ارے بھائی یہ انجمن محبان اردو کی طرف سے کارڈ آیا ہے۔ فراق پر سمینار کر رہے ہیں اور مشاعرہ۔''

تفضل حسین کچھ دیر سے بانسری الگ ہی بجا رہے تھے۔

بے چارے محبان اپنے مستقل پروگراموں کے علاوہ کچھ اور بھی کرتے رہتے تھے۔ چھوٹے بڑے مشاعرے، سیمینار، جلسے۔ کبھی کبھی کسی کو پکڑ لاتے کہ اردو کے سیکولر کردار پر

تقریر کرے اور لوگوں کو یہ باور کرائے کہ اردو صرف مسلمانوں کی زبان نہیں ہے اور بدیسی تو قطعی نہیں۔ (''لے سنو! یہ بھی کوئی بتانے کی بات اے۔'' زینت کی ایک پنجابی دوست راجندر اہلوالیہ نے کہا تھا۔ راجندر غزلوں کی بڑی دلدادہ تھی۔ پنجابی نہ بولتی تو بڑی نفیس اردو بولتی۔ زینت کی انجمن کے پروگراموں میں ضرور آتی لیکن کلاس جوائن کرنے کو کہا تو کنی کاٹ گئی) پھر وہ بڑے طمطراق سے اپنی ان سرگرمیوں کی رپورٹ مقامی اردو اخباروں میں چھپوایا کرتے تھے۔ یہ اخبار تفضل حسین کی قبیل کے لوگوں کے گھر عموماً مفت پہنچ جاتے تھے اور عموماً ایک نظر ڈالنے کے بعد ردی کی نوکری میں چلے جاتے تھے اور کبھی بغیر اس ایک نظر کے بھی۔ زینت کچھ استثنائی لوگوں میں سے تھیں۔ وہ اردو کے دو اخبارات قیمت دے کر منگاتی تھیں اور دوسرے لوگوں کو بھی ترغیب دیتی تھیں کہ وہ انہیں منگائیں۔ ''ارے بھائی اب اگر ہم بھی سرپرستی نہ کریں گے تو یہ بے چارے اخبار کہاں جائیں گے۔'' وہ انہیں پڑھتی بھی تھیں۔ کبھی کبھی ان میں ان کی جوانی کی تصویر کے ساتھ ان کی سماجی وادبی سرگرمیوں کی تفصیلات بھی شائع ہوتی تھیں۔ مثلاً معروف سماجی کارکن محترمہ زینت حسین نے فرمایا کہ...... زینت کے دونوں بیٹے جب یہاں تھے تو ممی کی اس احمقانہ فضول خرچی پر سخت ناراض ہوتے تھے۔

کئی بار تفضل حسین نے بیوی کی حمایت کی تھی۔ ''صاحبزادے اپنی کمیونٹی کے بارے میں بہت سی باتیں معلوم ہوتی رہتی ہیں۔ بہت سے ملکی، سیاسی اور سماجی واقعات پر اپنی قوم کے ردعمل کا پتہ لگتا ہے۔ یہ چیزیں اکثر انگریزی اخبار کور نہیں کرتے اور پھر میاں اپنی زبان کو ان اخباروں نے زندہ رکھ رکھا ہے۔ دیہاتوں کے بہت سے خواندہ افراد انہیں پڑھتے ہیں۔ شہر کے کچھ مخصوص علاقوں میں بھی ان کی کھپت ہے۔'' نوجوان بیٹوں میں اپنی قوم اور زبان کے معاملات کی دلچسپی کا فقدان کیوں ہے اس کا تجزیہ تفضل حسین نے نہیں کیا تھا۔ زبان اور قوم لازم وملزوم کیوں ہوگئی تھیں اس پر غور کرنے سے تو کچھ حاصل بھی نہیں تھا اس لیے کہ اب تو ہو ہی چکی تھیں محبان اردو خواہ کتنے ہی لوگوں کو بلا کر تقریریں کروائیں۔

''اے ہے فدا علی۔ تم بھی سٹھیا گئے ہو۔ کتنا کہا کہ نہ چڑو، ورنہ لوگ تمہیں چڑائیں گے۔ اب وہاں کہاں گھس گئے باورچی خانے میں۔ میٹھا کدھر ہے؟'' زینت نے پکار کر کہا۔

''کیوں بھائی چلو گے تم لوگ یا کوئی پروگرام ہے کل کا؟'' تفضل حسین نے اس ساری ہڑبونگ میں آواز اونچی کر کے پوچھا۔

''چل سکتے ہیں۔ بہت سے لوگوں سے ملاقات ہو جائے گی۔'' علی نے نیم رضامندی ظاہر کی۔

''فراق پر ہونے والے سیمینار میں کس سے ملیں گے آپ؟ زیادہ تر پاپا کے ساتھی ہوں گے یا کچھ چگی داڑھی گول ٹوپی والے مدرسہ نورالہدیٰ کے مولوی صاحبان۔ کتنے دن سے کہہ رہی ہوں کہ ساتھ چل کر پردے خرید لیجئے تو ایک کان سے سن کر دوسرے سے اڑا دیتے ہیں۔'' شوہر کا جواب سنے بغیر سمیرہ نے ماں کو مخاطب کیا۔''آپ اس راجستھانی نمائش میں گئیں! راجستھان اور گجرات کے خانہ بدوشوں کی روایتی کڑھت کی بہت خوبصورت چیزیں آئی ہوئی ہیں۔لکڑی کا سامان بھی ہے۔'' سمیرہ کو 'ایکٹنگ' کا اتنا ہی خبط تھا جتنا آج کے جدید تعلیم یافتہ طبقے کے کسی بھی فرد کو۔اس کا گھر مختلف ریاستوں کی روایتی آرائشی چیزوں، پردوں کشیدہ کاری اور فرنیچر سے سجا ہوا تھا۔

سمیرہ خاموش ہوگئی۔ دل میں سوچا اب میں فراق کی ذاتی زندگی کے گوشوں میں جھانک کر کیا کروں گی۔ خیر پاپا کی دل شکنی نہ ہو۔ نہ جانے کیا کیا کہہ جاتے ہیں۔ ایسی ادب بے زار بھی نہیں ہوں۔ مشاعروں میں چلی ہی جاتی ہوں۔ مہدی حسن، غلام علی، نصرت فتح علی اور جگجیت سنگھ کے سارے کیسٹ میرے پاس موجود ہیں۔ ہاں اردو کو اوڑھنا بچھونا بناتی تو فری لانسنگ کر کے اتنا کما سکتی تھی کیا! شوہر سے الگ آج میری اپنی ہستی ہے اور آمدنی بھی۔ ویسے سارا کچھ دیا ہوا تو ممی پاپا کا ہی ہے۔ بڑے روایتی خاندان سے تعلق رکھنے کے باوجود اعلیٰ درجے کے انگریزی اسکولوں میں تعلیم دلوائی۔ بڑے دور اندیش ہیں دونوں۔

زینت بیگم کی للکار پر فدا علی دوڑے چلے آئے تھے۔ نہایت ادب کے ساتھ انہوں نے کھانے کا آخری آئٹم پیش کیا۔ شاہی ٹکڑے۔''اب بیگم صاحبہ اس سے قبل کہ آپ کچھ بولیں ہم پہلے ہی بتا دیں کہ بھیا کی فرمائش پر بہت جلدی میں تیار کیے ہیں۔ ورنہ ہم تو 'پوٹین' بنانے جا رہے تھے۔ شاید شیرہ پوری طرح پیوست نہ ہوا ہو۔''

''شیرہ کیا نہ ہوا ہو؟'' فیض اور عالیہ نے بیک وقت پوچھا۔

''جذب نہ ہوا ہو کہہ رہے ہیں بھیا۔''

''ارے فدا علی۔ ایسی شیرے جیسی گاڑھی اردو مت بولا کیجئے۔ لایئے بڑھایئے قاب ادھر۔'' یہ علی تھے۔

''— نانی امی۔ ہمیں ایک ڈھیلاڈھالا پُل اوور بن دیجیے جس میں کئی رنگوں سے جیومیٹریکل ڈیزائن بنے ہوئے ہوں۔''

زینت کا سولہ سالہ نواسہ فیض لاڈ سے کہہ رہا تھا۔ لان پر پڑی ہوئی کرسیوں میں سے ایک پر زینت کی نٹنگ کی سبک سی ٹوکری رکھی ہوئی تھی جس سے رنگ برنگے اون کے لچھے جھانک رہے تھے۔ ایک غیر ملکی رسالہ بھی ان کے درمیان ٹھنسا ہوا تھا جس میں سوئٹر کے تازہ ترین ڈیزائن تھے۔ تپائی پر چائے کی ٹرے تھی۔ سامنے کرسی پر تفضل حسین جلوہ افروز تھے جنہوں نے اردو کا ایک خالص ادبی پرچہ کھول رکھا تھا۔

''یہ لیجئے زینت بیگم ایک اور نیا رسالہ۔''

''کیسا ہے؟''

''بہت اچھا۔ اس لیے بہت دن نہیں چلے گا۔''

''ان اردو والوں کو نہ اشتہار ملیں نہ قاری۔ چلیں گے کیا خاک۔''

''نانی امی۔ یہ اولمپک کا موٹف میرے سوئٹر میں ڈالئے گا۔'' نواسی نے فرمائش کی۔ وہ اس درمیان ڈیزائن بک اٹھا کر ورق گردانی کرنے لگی تھی۔ فیض نے نانا کے شانوں کے اوپر سے اچک کر اولمپک کا موٹف دیکھنا چاہا۔ اس کی نظریں رسالے کے سرورق پر چھپی بڑی سی تصویر پر پڑیں۔ ''یہ کون ہیں نانا ابی؟'' جواب کا انتظار کیے بغیر اس نے بہن کا منہ چڑایا۔ 'اولمپک کا موٹف سوئٹر پر بنوا کر اولمپک اسٹار ہی تو بن جاؤ گی'۔ دونوں ایک دوسرے کے پیچھے بھاگ نکلے۔

تصویر علی سردار جعفری کی تھی۔

زینت اور تفضل حسین نے بیک وقت ٹھنڈی سانس لی۔ ایک دوسرے کی طرف آنکھوں ہی آنکھوں میں دیکھا۔ ان کے یہ بے حد عزیز 'گرینڈ چلڈرن' زیادہ تر انگریزی میں گفتگو کرتے تھے حتیٰ کہ نانی امی سے بھی۔ انہیں اطمینان تھا نانی اپنے وقت کی گریجویٹ ہیں۔ روانی سے بول نہ سکیں، سمجھتی تو آرام سے ہیں۔ اس لیے اردو بولنے کی ضرورت جسے وہ ہندی کہا کرتے تھے، بہت کم ہی پڑتی تھی، عموماً صرف فدا علی یا ویسے ہی کچھ دوسرے لوگوں سے بات کرتے وقت۔

تفضل حسین نے ہولے سے کہا: ''کیا آپ بھی یہی سوچ رہی ہیں زینت بیگم کہ غلطی ہم سے کہاں ہوئی ہے۔'' زینت کچھ نہیں بولیں۔ فراق والے سیمینار میں سمیرہ اور علی چلے تو گئے تھے واپس آ کر سمیرہ نے کہا۔ ''بہت چٹے۔''

''کیا مطلب؟'' زینت نے پوچھا۔

''ارے چٹ گئے مما اور کیا۔''

زینت کانوں سے ٹاپس اتارنے لگیں۔ ''جنے کیا کہہ رہی ہو۔'' حالانکہ مفہوم انہوں نے سمجھ لیا تھا لیکن انجان بن گئیں۔ علی کا کوئی کمنٹ نہیں تھا۔ داماد تھے اس لیے ساس سسر کا لحاظ کر رہے تھے۔ زینت نے ادبدا کر پوچھا تو بولے: ''ہاں امی بہت مزہ آیا۔ وشورنجن جی کی تقریر بڑی دلچسپ تھی۔ بڑی نفیس زبان بولتے ہیں۔''

بیڈروم میں سمیرہ نے کھنچائی کی۔ ''چاپلوس کہیں کے اور مکار بھی۔''

زینت فدا علی پر بہت ہی ناراض ہو رہی تھیں۔ ''کم بخت جھڑوس، گھنٹوں سے لاپتہ ہے۔ سودا لانے کو دے دیا بس ہو گئے غائب۔'' دراصل انہیں کہیں نکلنا تھا اور فدا علی ندارد تھے۔ سمیرہ اور علی تو اتوار کی شب کو چلے گئے تھے۔ بچوں کو زینت نے روک لیا تھا اس لیے بغیر کھانے کی ہدایات دیے باہر نہیں جانا چاہ رہی تھیں۔

''لگتا ہے بڑھاپے میں کہیں عشق لڑا رہا ہے صورت حرام۔''

سترہ سالہ عائشہ کھلکھلا کر ہنسی۔ ممی کو اٹھنک چیزوں کا خبط ہے اور نانی امی کو اٹھنک الفاظ کا۔ زینت باوجود غصے کے مسکراہٹ ضبط نہیں کر سکیں۔ اسی وقت دونوں شانوں سے زین کے بڑے بڑے مضبوط تھیلے لٹکائے ہانپتے کانپتے فدا علی نمودار ہوئے۔

''کہاں غارت ہو گئے تھے فدا علی۔ میں تو سمجھی تھی آج ضرور تم کسی موٹر وہیکل کے نیچے آ گئے۔''

''آ ہی جائیں تو بھلا ہو۔'' فدا علی بھی اپنی مالکن سے کم خراب موڈ میں نہیں تھے۔ ''گھنٹہ بھر سے سلمان میاں کی دکان پر کھڑے کھڑے، کھڑے کھڑے—''

''کیوں اس سلمان کے بچے کا کیوں دماغ خراب ہوا۔''

''ارے بیگم صاحبہ آپ نے پرزہ دیا تھا اردو میں لکھ کے۔ کافی دیر وہ اس پھیرے میں رہے کہ کوئی اردو جاننے والا آئے تو پڑھوائیں۔ دسیوں گاہک آ کے نکل گئے۔ آخر کو خود ٹو، ٹو کر کے پڑھا۔ کچھ تو ہم نے بتایا یا اندازے سے کہ کیا لکھا ہوگا۔ کیا آتا ہے۔ ہم بہت بگڑے۔ سروہ جب اتنا پڑھ ہی لیتے ہو تو پہلے کوشش کرتے۔ ناحق میں کھڑا رکھا۔''

زینت سخت حیران ہوئیں۔ ''پرچہ تو ہمیشہ اردو میں ہی جاتا رہا ہے۔''

''دکان پر بڑھوئ بیٹھتے تھے، وہ ٹہل گئے۔ وہی پڑھتے تھے اردو کا پرچہ۔ سلمان میاں نے کہلوایا ہے اگلی بار ہندی میں لکھ کر بھیجیں بیگم صاحب۔ نہیں تو پھر فون پر لکھوادیں۔ دکان میں فون لگ گیا ہے۔ یہ لیجئے نمبر۔'' پچھلے دنوں زینت حیدر آباد گئی تھیں۔ وہاں دولہا میاں ایک اردو کا خط لیے گھوم رہے تھے۔ ایک دوست کی ماں نے نیک خواہشات بھیجی تھیں۔'' آنٹی اسے پڑھ دیجئے۔''

''کیوں؟ تم خود کیوں نہیں پڑھ رہے؟''

''اردو ہمیں نہیں آتی۔''

''شرم آتی ہے کہ وہ بھی نہیں آتی؟''

دولہا میاں ہی ہی ہی کرتے ہوئے بھاگ نکلے۔ وہ پیشے سے انجینئر تھے۔ کونونٹ ایجوکیٹڈ بلکہ آج کل کی اشتہاری اصطلاح میں ''کونوبعڈ'' بھی نہیں تھے کہ منہ میں زبان انگریزی ہو۔ پھر بھی — زینت دوسرے ہی دن سلمان میاں کی دکان پر محبان اردو میں سے ایک محب کو لے کر پہنچ گئیں۔

''اگلی بار میں آؤں تو بورڈ پر ''انورادھا اسٹور'' اردو میں بھی لکھا ہوا ملے۔'' انہوں نے سلمان میاں سے ذرا اختیار کے ساتھ بات کی۔

''بیگم صاحبہ۔ ہم نے مصلحتاً نام رکھا انورادھا اسٹور۔ اب آپ اردو میں نام لکھوا کر ساری مصلحت کا بھٹا کرائیں گی۔''

''آپ کی مصلحت ہم سمجھ رہے ہیں۔ انورادھا بہت خوبصورت نام ہے۔ اپنی دھرتی سے جڑنا بہت خوبصورت بات ہے لیکن اپنی زبان کیوں بھول رہے ہیں آپ۔ تھوڑی سی مشق کر ڈالیے کہ اردو میں کوئی پرچہ آئے تو گاہک کھڑا نہ رہے۔ اور دکان کا بورڈ کل ہی — دیکھئے جو خرچ آئے گا وہ ہم دیں گے —''

''دیکھا جائے گا بیگم صاحبہ۔ آپ سامان کی فہرست پڑھیے۔''

''سامان تو کل ہی فدا علی لے گئے ہیں۔ یاد نہیں رہا کیا؟ ہم تو صرف یہی کہنے آئے تھے۔''

''صرف یہ کہنے؟'' حیرت سے سلمان میاں کا منہ کھلے کا کھلا رہ گیا۔ ''خیر آپ نے قدم رنجہ فرمایا۔ یہ لیجئے الائچیاں۔'' ''شکریہ۔'' زینت نے الائچیاں لے لیں۔ ساتھی محب اردو نے کہا— ''زبان تو بڑی خوبصورت بولتے ہیں۔''

''ہاں زبان پر رہ جائے گی اردو۔ پرنٹ مر رہا ہے۔ سو دو سو برس بعد کچھ لوگ یوں ہی پڑھا کریں گے اسے جیسے پالی پڑھتے ہیں یا سنسکرت۔'' یکا یک زینت کو بڑی شرم اور خفت کا احساس ہوا۔ سمیرہ اور علی کی روزمرہ گفتگو اردو میں ہی ہوتی تھی۔ رسم الخط سے نابلد تو نہیں تھے لیکن روانی سے لکھنا پڑھنا بس میں نہیں تھا۔ ادب سے دلچسپی مشاعروں تک محدود تھی۔ سمیرہ مارے باندھے ساس کو اردو میں خط لکھ لیتی تھیں۔ وہ بھی اب فون پر گفتگو ہونے کی وجہ سے بہت کم ہو گیا تھا۔ ٹی وی نے پڑھنے کی عادت چھڑائی اور یہ ہر چھوٹے بڑے شہر میں ٹیلی مواصلات کا سلسلہ بھی خط لکھنا چھڑا رہا ہے۔ عائشہ اور فیض ماں باپ سے چار جوتے آگے۔ یہ تو اردو بولتے ہی بہت کم ہیں۔ چراغ تلے اندھیرا۔ زینت نواسی نواسے کے پیچھے پڑ گئیں۔

''نانی اماں۔ پہلے تو آپ ایسا کچھ نہیں کہتی تھیں۔ ہندی، ارے اردو بولتے تو ہیں ہم۔''

''ذرا زیادہ بولا کرو۔ بلکہ گھر میں انگریزی بولنی ہی نہیں ہے۔ تم تو بس نمک مرچ کی طرح اردو چھڑکتے رہتے ہو۔''

''نانی اماں۔ آپ کی زندگی کے فنڈے کلیئر نہیں ہیں۔ یہ اچانک اردو کہاں سے سر پر سوار ہو گئی۔''

''ہاں نانی۔ ویسے زبان ہے بڑی فنڈو۔ ہمارے کلاس کے ساتھی اکثر کہتے ہیں اردو بول کے دکھاؤ۔ قوالی سناؤ۔ غزل سناؤ۔'' فیض نے کہا۔

''یہ کیا بکواس ہے فنڈے۔ فنڈو۔'' زینت ناراض ہو گئیں۔ ''کہاں سے سیکھتے ہو یہ سب؟''

''ہاہاہا۔'' عائشہ ہنسی۔ ''یہ تو ایسی ہی بکواس کرتا رہتا ہے اور کرے گا بھی کیا۔ خالی وقت میں یا پکچریں دیکھنا یا بندئیں تڑنا۔ عقل کہاں سے آئے گی۔''

''کیا۔۔۔؟''

''بندئیں تڑتا رہتا ہے نانی۔ سی۔ پی میں گھوم گھوم کے۔''

''جیسے تو نہیں تڑتی بندے۔''

''دماغ خراب ہے تم دونوں کا۔ کیا بک رہے ہو۔'' زینت سرخ ہو گئیں۔

''نانی اماں۔ ہم اردو بولتے ہیں تو آپ کی سمجھ میں نہیں آتی۔'' دونوں نے کورس میں کہا۔

''آج سے تمہاری پڑھائی شروع۔ آج تو میں خود پڑھاؤں گی اور پھر جلد ہی انتظام کرتی ہوں ٹیوٹر کا۔ اچھا باں۔'' وہ مڑیں۔ ''فدا علی کے پاس بیٹھ کر ذرا گپ کیا کرو۔ پھر بولو گے ایسی اردو جو سب کی سمجھ میں آئے۔''

''نانی اماں بے چاری سینائل (Senile) ہوتی جارہی ہیں۔'' فیض نے عائشہ سے کہا۔

''کہتی ہیں فدا علی کے ساتھ گپ ہانکو۔ ویسے فدا علی ہیں مزے دار۔ قصے خوب سناتے ہیں۔''

دلال پھر سر پر سوار ہو گیا تھا۔

''کیا کہتی ہو زینت بیگم۔ دے ہی دیں وہ جالیاں۔ آخر کس کام کی ہیں۔ مکان بھی ڈھے رہا ہے۔ اس کا بھی کیا کرنا ہے۔ اپنی زندگی میں بیچ باچ کے سب کا حصہ دے ڈالیں تو اچھا رہے گا۔''

''کتنی بار یہ سوال پوچھیں گے۔'' زینت نے رسان سے کہا۔ ''شاید آپ کا ارادہ ہی پختہ نہیں ہے۔ ارادہ پختہ ہو تو سارے کام چٹکیوں میں نبٹ جاتے ہیں۔ اب دیکھئے فیض اور عائشہ کے لیے ٹیوٹر آج تک نہیں مل سکا۔ چھٹیاں ختم ہونے کو ہیں۔''

تفضّل حسین جلدی سے سٹک لیے۔ اس ہفتے انہوں نے سودا طے کر ہی لیا۔ گاؤں جا کر ٹوٹا پھوٹا بڑا سا مکان، جس میں دادا حضور نے سنگ مرمر کی نفیس جالیاں نصب کرائی تھیں، بھی تقریباً بیچ آئے۔ جالیاں تو پہلے ہی نکلوالی تھیں۔

تفضّل حسین کے ساتھ فدا علی کا پوتا چلا آیا تھا۔ دراصل فدا علی پرانی رعیت میں سے تھے۔ اب رعیت نام کی تو کوئی چیز نہیں رہ گئی تھی۔ پشتینی تعلقات اور دو بیگہہ زمین کے احسانات کی شرم تھی۔

''کیا میاں پڑھتے ہو؟'' زینت نے شفقت کے ساتھ نادر سے پوچھا۔

''جی ہاں۔'' اس کے لہجے میں فخر تھا۔ ''آٹھویں میں ہیں۔''

''کہاں پڑھتے ہو؟''

''گاؤں میں مدرسہ ہے نہ؟ مولوی صاحب پڑھاتے ہیں۔ یہ دیکھ لیں!'' اس نے میز پر پڑے اردو رسالے کی طرف ہاتھ بڑھایا۔

زینت خوش ہو گئیں۔ آج تک ان کے نواسی نواسے میں سے کسی کو وہ رسالہ اٹھانے کی توفیق نہیں ہوئی تھی۔

''آگے کیا کرنے کا ارادہ ہے؟'' وہ اس سے پوچھنے لگیں۔

''میٹرک کریں گے۔ پھر شہر آ کے نوکری ڈھونڈیں گے۔'' پندرہ سولہ سالہ لڑکے کے 'فنڈے' بالکل کلیئر تھے۔

''میٹرک کے بعد نوکری کہاں ملتی ہے میاں۔''

فدا علی کریلوں میں قیمہ بھرنے کے بعد دھاگا لپیٹ رہے تھے، بولے: ''بیگم صاحبہ ابھی لڑکا ہے۔ عقل کہاں سے آئے گی۔ وہ بھی گاؤں کا لڑکا۔ میٹرک کرلے گا تو ہم شہر لے آئیں گے۔ جی بچ گئے تو اسے آگے پڑھائیں گے۔ بی اے کرلیا تو پھر تو نوکری ملے گی نہ؟ ورنہ یہ بھی ہماری طرح قیمہ بھرے کریلے پکائے گا یا اپنے باپ کی طرح کلکتہ میں مزدوری کرے گا۔''

''اور بیگم صاحبہ — '' انہوں نے آگے کی بات کہی نہیں، صرف دل میں سوچی — ''اور جو کہیں واقعی ہمارے بھاگ جگے اور ہمارا پوتا شہر میں نوکر ہو گیا تو اس کے بچوں کو ہم شہر کے اچھے اسکول میں پڑھائیں گے۔ واہ میاں فدا علی۔ واہ۔ تم بچو گے یہ سب دیکھنے کو۔ ٹھیک ہے نہ بچیں۔ ہمارے خواب ہمارے پوتے کی آنکھوں میں تو ہوں گے۔ ہماری چوتھی پشت تو سدھرے گی۔ سمیرہ بی بی اور علی بھیا کی طرح۔ ان کے بچوں کی طرح۔''

زینت بیچے سے مسرور لہجے میں کہہ رہی تھیں۔ ''میرے پاس اردو کی اور بہت سی کتابیں ہیں۔ وہ میں تمہیں دوں گی۔ مبارک ہیں تمہارے گاؤں کے مدرسے جنہوں نے اردو کا چراغ روشن کر رکھا ہے۔''

فدا علی کریلوں کو کڑھائی میں جماتے ہوئے مستقبل میں اُن اسکولوں کے خواب بُن رہے تھے جن میں اردو شاید کبھی نہیں پڑھائی جائے۔

آندھیاں ہمیشہ چراغوں کا پیچھا کرتی رہتی ہیں۔

☆☆☆

استفراغ

— سلام بن رزّاق

آخر وہی ہوا جس کا ڈر تھا۔ میں جوں ہی جلسہ گاہ سے باہر نکلا کسی نے مجھے پیچھے سے آواز دی۔ میں مڑا۔ صفدر لمبے لمبے ڈگ بھرتا میری طرف آرہا تھا۔

''بھئی، سب سے پہلے تو اس انعام کے لیے تمھیں مبارک باد۔''

اس نے تپاک سے مصافحہ کرتے ہوئے کہا۔ میں نے مسکراتے ہوئے اس کا شکریہ ادا کیا۔

''اور ہاں! تم جب بھی دلّی آتے ہو تو آ کر چپ چاپ نکل جاتے ہو مگر اس بار میں تمھیں یوں ہی جانے نہیں دوں گا۔ ہم آج تمھارے انعام کو سیلی بریٹ کریں گے۔''

''بالکل۔'' میں نے مسکراتے ہوئے خوش دلی سے کہا۔

''تو پھر چلو۔ خواہ مخواہ دیر کرنے سے کیا فائدہ۔''

''کہاں؟''

''میرے گھر اور کہاں۔''

''ارے نہیں آپ کے گھر پھر کبھی آجاؤں گا۔''

''آج بہانہ نہیں چلے گا۔ چلو۔ بیٹھو۔''

اس نے بائک کی طرف بڑھتے ہوئے کہا۔

''نہیں۔ صفدر بھائی، آج نہیں۔ کل چلیں گے، میں وعدہ کرتا ہوں۔''

اس نے میرا ہاتھ پکڑ کر بائک کی طرف کھینچتے ہوئے کہا۔

میں نے زیادہ حیل و حجت کرنا فضول سمجھا اور چپ چاپ بائک پر اس کے پیچھے بیٹھ گیا۔ ممبئی سے چلتے وقت دو ایک دوستوں نے تاکید کی تھی کہ دلی میں سب سے ملیو مگر صفدر سے بچ کر رہیو۔ اگر اتفاق سے مل بھی گیا تو کنی کاٹ جانا۔ خبردار اس کے ساتھ اس کے گھر تو ہرگز نہ جانا، ورنہ نتائج کے ذمہ دار تم خود ہو گے۔

میں نے پوچھا بھی تھا۔ ''کس قسم کے نتائج؟''

مگر کسی نے کوئی تسلی بخش جواب نہیں دیا تھا اور اب اتفاق سے صفدر مل بھی گیا تھا اور اپنے گھر بھی لے جا رہا تھا۔ مجھے قدرے بے چینی محسوس ہوئی مگر فرار کی صورت دکھائی نہیں دے رہی تھی۔ صفدر کی موٹر بائک تیزی سے اس کے گھر کی طرف جا رہی تھی۔ صفدر زور زور سے کچھ بول بھی رہا تھا مگر موٹر بائک کی پھٹ پھٹ اور ٹریفک کے شور میں کچھ بھی صاف سنائی نہیں دے رہا تھا۔ میں بس 'ہوں، ہاں' کیے جا رہا تھا۔ وہ بولتے بولتے زور زور سے ہنسنے بھی لگتا تھا تو میں بھی بغیر کچھ سمجھے سنے خواہ مخواہ اس کے ساتھ ہنسنے لگتا۔ میری ہنسی سے اسے اور ترغیب ملتی اور وہ مزید جوش و خروش سے بولنے لگتا۔ میں نے گھڑی دیکھی شام کے سات بج رہے تھے۔ سردی بڑھ چکی تھی۔ میں نے کوٹ تو پہن رکھا تھا مگر کان بج ہوئے جا رہے تھے۔ سڑک کے دونوں طرف دکانوں کے نیون سائن کی روشنیوں سے پورا علاقہ جگمگ کر رہا تھا۔ موٹر سائیکل ٹریفک کے بہاؤ میں تیرتی چلی جا رہی تھی۔ ایک سگنل پر جب موٹر سائیکل رکی تو میں نے موقع غنیمت جان کر ایک بار پھر اس سے کہا۔

''صفدر بھائی! نو بجے ایک صاحب سے ملنے کا وعدہ ہے۔ وہ ہوٹل پر آنے والے ہیں میں نے ان کے لیے کوئی میسج بھی نہیں چھوڑا ہے۔ وہ بلاوجہ پریشان ہوں گے۔ آج مجھے جانے دیجیے۔ کل کی شام آپ جہاں کہیں گے میں چلوں گا۔ میں ابھی دو تین روز ہوں یہاں۔''

''یار تم خواہ مخواہ پریشان ہو جاتے ہو۔ ارے گھر پہنچ کر ہوٹل میں فون کر لینا، کاؤنٹر پر میرے گھر کا فون نمبر اور ایڈریس دے دینا۔ جب وہ صاحب آئیں گے تو فون پر بات کر لینا۔ اگر وہ آنا چاہیں تو انھیں بھی میرے گھر پر بلا سکتے ہو۔''

نجات کی ایک موہوم سی امید بندھی تھی وہ بھی ختم ہو گئی۔ گرین سگنل روشن ہو گیا اور رکی ہوئی گاڑیاں ہارن دیتیں چیختی چنگھاڑتیں دوبارہ روانہ ہو گئیں۔ صفدر کی موٹر سائیکل بھی ایک جھٹکے سے آگے بڑھی۔ اب چھٹکارے کی کوئی امید نہیں تھی، بہاؤ کی مخالف سمت میں تیرنے کی کوشش فضول تھی۔ بالآخر میں نے تھک کر اپنے آپ کو موجوں کے حوالے کر دیا۔ اس سے ایک فائدہ یہ ہوا کہ یکلخت ذہنی تناؤ کم ہو گیا اور میں اپنے آپ کو ہلکا پھلکا محسوس کرنے لگا۔ اب صفدر کا چیخ چیخ کر کچھ کہنا اور بات بات پر قہقہے لگانا اتنا گراں نہیں گزر رہا تھا۔ میں نے سوچا لوگ آخر اس سے اس قدر بدکتے کیوں ہیں؟ اس میں بظاہر تو کوئی برائی نظر نہیں آتی۔

بس زیادہ بولتا ہے اور بات بے بات ہنستا ہے۔ خیر یہ تو کوئی ایسی بات نہیں جس کے سبب کسی سے بدگمان ہوا جائے۔ ممبئی میں وہ شمس الاسلام کیا کم بولتا ہے۔ دنیا کا ایسا کون سا موضوع ہے جس پر وہ اظہار رائے نہیں کر سکتا۔ اس پر طرہ یہ کہ اونچا بھی سنتا ہے۔ دوران گفتگو اگر آپ کچھ بولنا چاہیں تو وہ اپنے دونوں کانوں کے پیچھے ہتھیلیاں رکھ کر آپ کی طرف اس قدر جھک آئے گا کہ اس کے سانسوں کی بدبو آپ اپنے چہرے پر محسوس کر سکتے ہیں۔ پھر دو چار جملوں کے بعد ہی آپ کا کوئی ادھورا فقرہ یا کوئی لفظ اچک لے گا اور آپ کی بات کاٹ کر دوبارہ بولنا شروع کر دے گا۔ اس کے بہرے پن اور علامیت کے پیش نظر دوستوں میں املا کے تھوڑے تصرف کے ساتھ وہ 'بہر العلوم' کے لقب سے مشہور ہو گیا ہے۔ آخر اسے بھی تو سب برداشت کرتے ہی ہیں۔ پھر صفدر میں ایسی کیا غیر معمولی برائی ہے کہ ہر کوئی اس سے گریزاں دکھائی دیتا ہے۔ اونہہ ہوگی کوئی بات۔ اب سابقہ پڑ ہی گیا ہے تو دیکھا جائے گا۔

موٹر سائیکل ایک پتلی سڑک پر مڑ رہی تھی۔ ٹریفک کا شور پیچھے چھوٹ گیا تھا۔ صفدر کہہ رہا تھا۔

''میرا خیال ہے تم پہلی بار آرہے ہو میرے گھر۔''

''غالباً۔'' میں نے ادھر اُدھر دیکھتے ہوئے کہا۔

''ہم شاید آدرش نگر کالونی کے آس پاس ہی کہیں ہیں۔''

''بالکل۔ ہم آدرش نگر میں داخل ہو چکے ہیں۔ بس اس کے اختتام پر ہماری کالونی بھارت نگر ہے۔ کیا اس طرف آئے ہو تم کبھی؟''

''ہاں، دو تین بار آدرش نگر آیا ہوں میں۔ یہاں ایک دوست رہتا ہے عادل عثمانی۔''

''وہ بلڈر؟''

''ہاں۔''

''تم سالے ایک ادیب تمھاری دوستی بلڈروں سے کیسے؟''

اس نے ایک استہزائیہ ہنسی کے ساتھ ریمارک دیا۔

مجھے اس کا یہ ریمارک ناگوار گزرا۔ ہم میں ایسی بے تکلفی نہیں تھی کہ وہ مجھے سالے کہہ کر مخاطب کرتا۔ تاہم میں ضبط کر گیا، پھر برا سا منھ بنا کر بولا۔

''میں انسان کو اس کے پیشے سے نہیں رویے سے پہچانتا ہوں۔''

''واہ، کیا کلاسیک جملہ ہے، خوب۔ اگرچہ تم نے مجھے منہ توڑ جواب دینے کی کوشش کی ہے مگر میں تمھاری بات سے اتفاق کرتا ہوں۔''

میں کچھ نہیں بولا۔ موٹر سائکل ایک چھوٹے سے گیٹ کے سامنے آکر رُک گئی۔

''چلو اترو۔ یہی ہے فقیر کی کٹیا۔''

میں بائیک سے اتر گیا۔ سامنے دور تک دو رویہ قطاروں میں روہاؤسیس کا ایک سلسلہ سا چلا گیا تھا۔ ہم روہاؤس کا چھوٹا سا گیٹ کھول کر اندر داخل ہوئے۔ سامنے مکان کی پیشانی پر اردو میں لکھا تھا ''کٹیا محل'' ساتھ ہی اس کے نیچے انگریزی میں بھی درج تھا، Kutiya Mahal۔

مجھے شرارت سوجھی۔ میں نے مسکراتے ہوئے کہا۔

''آپ نے مکان کا نام تو بڑا اچھا رکھا ہے۔ 'کٹیا محل' واہ!''

''یار میں لٹھ فقیر آدمی ہوں۔ فقیر کا ٹھکانہ کٹیا ہی تو ہو سکتا ہے۔''

''وہ تو ٹھیک ہے۔ اردو میں تو لوگ اسے 'کٹیا محل' پڑھیں گے مگر انگریزی میں اسے کوئی 'کتیا محل' بھی پڑھ سکتا ہے۔ یعنی کتیا محل۔''

وہ چلتے چلتے رک گیا۔ گردن اُٹھا کر گھر کا نام زیرِ لب دہرایا۔ ''سچ کہہ رہے ہو۔ میں نے اس طرف کبھی دھیان ہی نہیں دیا۔''

پھر ایک لمحہ رک کر بولا۔

''خیر۔ اب یہاں کوئی انگریز آنے سے تو رہا، جو کٹیا کو کتیا پڑھ سکتا ہے۔ البتہ اگر کوئی ہندوستانی کٹیا کو کتیا پڑھتا ہے تو سمجھ جانا چاہیے کہ اس کے ذہن میں کوئی کتا پن موجود ہے۔''

ساتھ ہی اس نے میرا ہاتھ پکڑ کر گھر کی طرف کھینچتے ہوئے قہقہہ لگایا۔ ''چلو۔''

میں اندر ہی اندر تلملا کر رہ گیا۔ کمبخت نے میرا وار مجھی پر الٹا دیا تھا۔ مگر کیا کیا جا سکتا تھا غلطی میری ہی تھی۔ مذاق مذاق میں میں نے کیچڑ میں پتھر مار دیا تھا۔

گھر میں داخل ہوتے ہی اس نے بلند آواز سے پکارا۔

''کوثر۔ دیکھو کون آیا ہے؟''

پھر میری جانب مڑ کر صوفے کی طرف اشارہ کرتا ہوا بولا۔

''بیٹھو نا یار کھڑے کیوں ہو؟''

میں صوفے پر بیٹھ گیا۔ کمرہ خاصا کشادہ تھا۔ صوفے کے آگے بیضوی شکل کی بڑی سی تپائی رکھی تھی، جس کی سطح شفاف شیشے کی بنی تھی۔ تپائی پر ایک خوبصورت سا گلدان تھا جس میں پلاسٹک کے پھول سجے ہوئے تھے۔ کمرے کی تینوں دیواروں کے اوپری حصے میں ایک سرے سے دوسرے سرے تک بک شیلف بنے ہوئے تھے جس میں کتابیں سلیقے سے لگی ہوئی تھیں۔ چھت کے درمیان ایک جھومر لٹک رہا تھا جس میں یقیناً برقی قمقمے لگے ہوں گے مگر اس وقت قمقمے روشن نہیں تھے۔ جھومر کے دونوں طرف پنکھے لگے ہوئے تھے۔ دونوں پنکھے بند تھے۔

''ریلیکس ہو کر بیٹھو یار۔ تم صوفے پر بھی یوں بیٹھے ہو جیسے موقع ملتے ہی بھاگ کھڑے ہوگے۔''

''میں ٹھیک ہوں۔'' میں نے قدرے پاؤں پھیلاتے ہوئے کہا۔

اتنے میں اندر کے کمرے کی چق ہٹی اور ایک خاتون باہر نکلیں۔ شاید وہ ابھی ابھی نماز سے فارغ ہوئی تھیں۔ انھوں نے پیازی رنگ کی ردا سے اپنا سر اور کان لپیٹ رکھے تھے۔ صرف ان کا چہرا کھلا تھا۔ ان کا رنگ یقیناً گورا تھا مگر گورے رنگ کے نیچے ہلکی ہلکی زردی بھی جھلک رہی تھی۔ آنکھوں کے نیچے سیاہ حلقے سے نظر آرہے تھے جس سے چہرہ اور بھی ملول لگ رہا تھا۔ آنکھوں سے ایک بے نام سی اداسی جھانکتی دکھائی دے رہی تھی مگر ہونٹوں پر ایک پھیکی سی مسکراہٹ موجود تھی۔

''کوثر۔ میری شریک حیات۔ شریک حیات کم، شریک غم زیادہ۔''

اس نے پھر ایک بے تکا سا قہقہہ لگایا۔

''اور کوثر، یہ اردو کے مشہور ادیب ...... جنھیں اس سال 'پریم چند ایوارڈ' سے نوازا گیا ہے۔

ایک اور بے ہنگم قہقہہ۔ اس کے تعارفی کلمات سے طنز پھوٹا پڑ رہا تھا۔ خاتون نے پیشانی تک ہاتھ لے جا کر 'آداب' کہا۔ میں بھی صوفے سے اُٹھ کر کھڑا ہوگیا۔

''آداب۔''

یکبارگی پھر چق ہٹی اب کے تین لڑکیاں باہر نکلیں۔ تینوں کی عمریں بالترتیب بارہ سے لے کر سات آٹھ برس کے درمیان رہی ہوں گی۔

''یہ ہماری بیٹیاں ہیں۔ کاکل، سنبل اور زلفی۔''

تینوں لڑکیوں نے ایک ساتھ ہم آواز ہوکر' آداب' کہا۔ میں نے سب سے چھوٹی لڑکی زلفی کے سر پر ہاتھ رکھ کر کہا۔ ''جیتی رہو۔''

میں نے دیکھا کہ تینوں لڑکیوں کی شکلیں اپنی ماں سے بہت ملتی جلتی ہیں۔ تینوں نے ایک ہی رنگ کا شلوار کرتا پہن رکھا تھا اور تینوں نے اپنے سر اور کان لپیٹ رکھے تھے ماں کی طرح۔ تینوں کے ہونٹوں پر مسکراہٹ ضرور تھی مگر لگتا تھا مسکراہٹ اندر سے نہیں پھوٹ رہی ہے بلکہ کسی نے باہر سے ان کے ہونٹوں پر چسپاں کردی ہے۔ تینوں کی آنکھوں میں بھی ماں کی طرح ایک بے نام اداسی کی جھلک موجود تھی۔ غرض حلیے بشرے سے تینوں کی تینوں اپنی ماں کی پرچھائیاں معلوم ہو رہی تھیں۔

''آپ چائے لیں گے یا کافی؟'' خاتون نے پوچھا۔

اس سے پہلے کہ میں کوئی جواب دیتا، صفدر نے ترنت کہا۔

''نہ چائے نہ کافی'' آج ہم ان کے ایوارڈ کو سیلی بریٹ کرنا چاہتے ہیں۔''

میں نے دیکھا کہ خاتون کے چہرے پر لمحے بھر کو سایہ سا لہرا کر گزر گیا۔ بچیوں کی آنکھوں میں بھی ایک موہوم سا اضطراب کروٹ بدل کر غائب ہو گیا۔ میں نے پہلو بدلتے ہوئے کہا۔

''صفدر بھائی، آج کے دن صرف چائے چلے گی۔ میں پھر کبھی آجاؤں گا۔''

''سوال ہی نہیں اٹھتا۔ میں اتنی دور سے تمھیں اغوا کر کے صرف چائے پلانے تھوڑی لایا ہوں۔''

پھر وہ بیگم اور بچیوں کی طرف مڑ کر بولا۔'' چلو اپنے اپنے کام سے لگ جاؤ اب ادھر کوئی نہیں آئے گا۔'' اس کے لہجے میں کرختگی تھی۔

اتنا سنتے ہی بچیاں ایک جھٹکے سے کھڑی ہو گئیں جیسے کسی نے خود کار کھلونے کا بٹن دبا دیا ہو۔ پھر تینوں مجھے جھک کر آداب کہتی ہوئی مڑیں اور چق ہٹا کر اندر چلی گئیں۔ صفدر کی بیوی بھی'' آپ تشریف رکھیے'' کہہ کر بچیوں کے پیچھے پیچھے روانہ ہو گئیں۔

صفدر نے ایک شیلف میں کتابوں کے پیچھے ہاتھ ڈالا اور وہاں سے وہسکی کی ایک بوتل برآمد کی۔ ہنستا ہوا بوتل کو میرے سامنے تپائی پر لا کر رکھ دیا۔'' کتاب اور شراب دونوں کی فطرت ایک ہے۔ دونوں انسان کے باطن کو آئینہ دکھاتی ہیں۔''

میں نے کوئی جواب نہیں دیا۔ چپ چاپ اس کی حرکات وسکنات کو دیکھتا رہا۔ اس نے میرا پریم چند مومینٹو، پھولوں کا گلدستہ اور شال کو تپائی سے اٹھا کر میرے قریب صوفے پر رکھ دیا۔

''سنبھالو اپنا سر و سامان۔'' میں نے اس کے لہجے میں ہلکی سی حقارت کی جھلک محسوس کی۔''صفدر بھائی میں ہوٹل پر فون کرنا چاہتا ہوں۔''

''ضرور۔'' اس نے کمرے کے دوسرے گوشے میں رکھے کوارڈلیس فون کا ریسیور اٹھا کر میری طرف بڑھا دیا۔

میں نے ہوٹل کے نمبر ڈائل کیے۔ ریسپ شنسٹ کو اپنا روم نمبر اور نام بتا کر صفدر کا فون نمبر نوٹ کراتے ہوئے ہدایت کی کہ اگر کوئی مجھ سے ملنے آئے تو اس نمبر پر رنگ کر دینا۔ میں فون کر کے مڑا اتنی دیر میں تپائی پر وہسکی کی بوتل کے ساتھ دو گلاس، سوڈے کی بوتل اور گزک کی پلیٹیں سجا دی گئی تھیں اور صفدر شراب کی بوتل سے گلاسوں میں شراب ڈال رہا تھا۔

''پانی یا سوڈا؟'' اس نے پوچھا۔

''مکس'' میں نے گلاسوں کو گھورتے ہوئے کہا۔

جام بھر گئے تھے۔ ہم دونوں نے ایک ساتھ جام اٹھائے اور چیئرس کہتے ہوئے انھیں ہونٹوں سے لگالیا۔ میں نے کلائی کی گھڑی پر نظر ڈالتے ہوئے کہا۔

''صفدر بھائی، اس وقت آٹھ بج رہے ہیں۔ میں ٹھیک نو بجے اٹھ جاؤں گا۔''

''ارے یار، پہلی سپ ابھی حلق سے اتری نہیں اور تم جانے کی باتیں کرنے لگے۔ فکر مت کرو زیادہ دیر ہو جائے تو یہیں سو جانا۔''

''بالکل نہیں۔ میں نو بجے اٹھ جاؤں گا۔'' میں نے اپنی بات پر زور دیتے ہوئے کہا۔

''ٹھیک ہے، جیسی تمہاری مرضی۔ اب آرام سے شراب پیو۔ اور ہاں مجھے بار بار صفدر بھائی صفدر بھائی کہہ کر مخاطب مت کرو۔ آج کل اس لفظ کا مفہوم ہی بدل گیا ہے۔ لفظ بھائی، سنتے ہی کانوں میں ٹھائیں ٹھائیں کی آوازیں گونجنے لگتی ہیں۔'' وہ حسب معمول بھونڈے طریقے سے ہنسنے لگا۔

میں نے جواب میں کچھ کہنا مناسب نہیں سمجھا۔ سینگ کا ایک دانہ منہ میں ڈال کر چپ چاپ منہ چلانے لگا۔ گردن گھما کر دیوار پر چلے الگ الگ بک شیلفوں کو غور سے دیکھنے لگا۔

شاعری، تنقید، فلسفہ، سوانح ہر شیلف پر جلی حروفوں میں الگ الگ نام کی پرچیاں چسپاں تھیں۔ ایک طرف ایک بڑی الماری تھی جس میں صرف انگریزی کی کتابیں قرینے سے لگی تھیں۔

''آپ کے پاس تو بڑا اچھا ذخیرہ ہے کتابوں کا۔'' میں نے تحسین آمیز لہجے میں کہا۔ وہ کچھ بولا نہیں، شراب کا ایک بڑا سا گھونٹ بھر کر بک شیلفوں پر ایک اچٹتی سی نگاہ ڈالی، پھر آلو چپس کا ایک قتلہ منھ میں ڈال کر آہستہ آہستہ منہ چلانے لگا۔

''سنا ہے کہ پہلے آپ لکھتے بھی تھے۔''

''ہاں بہت پہلے، مگر چھپا بہت کم ہوں۔''

''کیوں؟''

''ہماری زبان میں ایسا کوئی رسالہ ابھی نہیں نکلا ہے جو میری تخلیقات کے معیار پر پورا اترتا ہو۔''

''کیا؟'' میں نے قدرے حیرت سے اس کی طرف دیکھا۔

اس کے ماتھے کی سلوٹیں گہری ہوگئی تھیں اور ہونٹوں پر ایک زہر خند تھا۔

''آپ سنجیدہ ہیں۔'' میں نے قدرے سنبھلتے ہوئے پوچھا۔

''میرے خیال سے میں ہوں۔''

''اس طرح تو آپ ہماری زبان کے پورے ادب کو یکسر خارج کر رہے ہیں۔''

''پورے ادب کو نہیں، صرف آج کے ادب کو۔''

''آپ کا کوئی تو آئیڈیل شاعر یا ادیب ہوگا۔''

''میں خود ہی اپنا آئیڈیل ہوں۔'' اس نے پھر ایک بار زوردار قہقہہ لگایا۔ بجلی کی روشنی میں اس کا چہرہ تمتما رہا تھا۔

''یار میری بات کا برا ماننے کی ضرورت نہیں۔ میں جو کچھ کہتا ہوں وہ سب مجھ سے پہلے کہا جا چکا ہے، یہ الگ بات ہے کہ تم اس سے واقف نہیں ہو، مثلاً میں نے ابھی کہا کہ میں خود ہی اپنا آئیڈیل ہوں۔ تمھیں میری بات سن کر قدرے حیرت ہوئی ہوگی۔ ہو سکتا ہے کہ ناگوار بھی گزری ہو، مگر آج سے سیکڑوں سال پہلے یہ بات ایک مشہور صوفی کہہ چکا ہے، ''میرے جبے کے نیچے خدا ہے۔ میں ساقی ہوں، میں ہی پیالہ ہوں۔ میں ہی میخوار ہوں۔'' بتاؤ میری بات میں اور صوفی کی بات میں کیا فرق ہے سوائے الفاظ کے۔ ادھر ہمارے عہد

کے ایک اردو شاعر نے بھی کچھ ایسا ہی مضمون اپنے شعر میں باندھا ہے۔ ''میں ہی اپنی منزل کا راہبر بھی، راہی بھی۔''

میں نے کچھ کہنے کے لیے ہونٹ کھولے۔ اس نے ہاتھ اٹھا کر مجھے روک دیا اور پھر بولنا شروع کیا۔

''میں نے اس لیے لکھنا چھوڑ دیا کیوں کہ میں جو کچھ لکھ رہا تھا وہ مجھ سے پہلے لکھا جا چکا تھا۔ جو لکھا جا چکا ہے اسے دوبارہ لکھنے کا کیا مطلب! ویسے بھی باسی نوالے چبانے میں مجھے کوئی دلچسپی نہیں مگر یہ بات کتنے لوگ سمجھتے ہیں۔ جو لوگ نہیں سمجھتے انھیں سمجھانا فضول ہے، اور جو لوگ سمجھ کر بھی سمجھنا نہیں چاہتے انھیں دنیا کا کوئی سمجھدار آدمی سمجھا نہیں سکتا۔ کیا سمجھے؟ دنیا میں اکثریت ناسمجھوں کی ہے، سمجھدار تو بس آٹے میں نمک کے برابر ہوتے ہیں۔ مگر کامیابی ہمیشہ ناسمجھوں کے ہی حصے میں آتی ہے کیوں کہ وہ سمجھوتہ کرنے کے گر سے واقف ہوتے ہیں اور سمجھدار ہمیشہ خسارے میں رہتے ہیں کہ ناسمجھوں سے سمجھوتہ ان کی فطرت کے خلاف ہے۔ اس دنیا میں سمجھ کی بات کوئی سمجھنا نہیں چاہتا۔ اسے اس طرح سمجھنے کی کوشش کرو۔'' وہ بے تکان بولے جارہا تھا۔ تکرار لفظی سے میرے دماغ کی رگیں پھٹنے لگی تھیں، درمیان میں جب وہ سانس لینے کو رکتا اور میں کچھ بولنے کے لیے منھ کھولتا تو وہ فوراً ہاتھ کے اشارے سے مجھے روک دیتا اور چند سیکنڈ کے وقفے کے بعد پھر بولنا شروع کر دیتا۔ وہسکی اس پر تیزی سے اثر انداز ہورہی تھی اور اس کی تقریر کی روانی میں لحہ بہ لحہ اضافہ ہوتا جارہا تھا۔ میری حالت اس شخص جیسی تھی جسے کوئی بال پکڑے پانی میں متواتر غوطے دیے جارہا ہو۔ اگرچہ بول وہ رہا تھا مگر سانس میرا پھولنے لگا تھا۔

ابتدا میں تو اس کی گفتگو میں ربط و تسلسل برقرار رہا۔ الفاظ جگنوؤں کی مانند جلتے بجھتے ہلکی ہلکی روشنی دیتے رہے مگر رفتہ رفتہ اس کی باتوں میں بے ربطگی کی کیفیت پیدا ہونے لگی۔ الفاظ اپنی خیرگی کھونے لگے۔ جملوں کے تانے بانے ٹوٹ ٹوٹ کر بکھرنے لگے۔

وہ کبھی مذہب کی دقیانوسیت پر ضربیں لگاتا تو کبھی سیاست کی دھجیاں اڑاتا، کبھی بڑے بڑے فلسفیوں کے حوالے دیتا تو کبھی معاشیات کے اعداد و شمار گنوانا شروع کر دیتا۔ میں دو پیگ پی چکا تھا۔ میری کنپٹیاں بھی قدرے گرم ہونے لگی تھیں۔ اب اس کی گفتگو میری سماعت پر بے حد گراں گزر رہی تھی۔ مجھے کچھ کچھ اندازہ ہو چلا تھا کہ دوستوں نے اس سے ملتے وقت

احتیاط برتنے کی تاکید کیوں کی تھی۔ اس کا جوش و خروش لحہ بہ لحہ بڑھتا جارہا تھا۔ آنکھوں کی روشنی میں اضافہ ہوگیا تھا اور باچھوں کے کناروں پر کف جمع ہونے لگا تھا۔

بولتے بولتے وہ اچانک کھڑا ہوگیا، دونوں ہاتھ فضا میں بلند کیے۔ دیدوں کو دائیں بائیں گھمایا، پھر گردن اٹھا کر دور تک نگاہ ڈالی جیسے سامنے ہزاروں کا مجمع موجود ہو۔ پھر قدرے پھنسی پھنسی مگر بھاری آواز میں گویا ہوا۔

''اوہام کے سمندر میں حقائق کے موتی تلاش کرنے والو سنو!

تمہاری بینائی کمزور اور تمہاری سماعت ناقص ہے، اس لیے تم گہرے پانیوں میں اترنے سے گھبراتے ہوئے، جس تہذیب کی تم دہائی دے رہے ہو اس کی گردن پر تو جنگلوں کا قصاص باقی ہے۔ لفظوں کی کوکھ سے معنی کے انڈے نہ نکلیں تو سمجھ لو تمہاری ماں دردزہ میں مبتلا ہوگئی ہے اور تمہارا باپ لپا، شہدا کبوتروں کے انڈے چرا رہا ہے۔ وہ اکیس مردوں کے ساتھ فارغ ہونے کے بعد بیانگ دہل پکار رہی ہے۔ کون ہوتا ہے حریف مئے مرد افگن عشق؟ ادب بے ادبوں کا زیور ہے اور تمدن کی تہ میں نہ جانے کتنے چھید ہیں۔ مولانا روم کی مثنوی سے بال جبریل کے اجزا الگ کردیں تو نطشے بغلیں جھانکتا نظر آئے گا۔ کیوں کہ دریدا کی ٹوپی اوڑھ کر جب بھرتری ہری غائب ہو جاتا ہے تو ساری ساختیات پس ساختیات دھری کی دھری رہ جاتی ہے۔ ادھر گوئٹے نے شیطان سے دوسری گانٹھ لی اور ادھر بے چارے غالب کے پرزے اڑ گئے۔ جانتے ہو شیکسپیئر کے سارے کردار مٹی کا چولہا بنانے کے فن سے نا آشنا تھے۔ پلکوں پر خواب سجانے سے اچھا ہے آدمی گھاس چھیلتے چھیلتے زمین کی کھاد بن جائے۔ باغ عدن میں اہرمن ٹہل رہا ہے اور یزداں واشنگٹن کے کیفے ٹیریا میں سوم رس کی چسکیاں لے رہا ہے۔ یزداں بہ کمند آور اے ہمت مردانہ مارکس نے نیوٹن کا بٹن دبایا اور فرائڈ کے گلے سے ایک دلخراش چیخ نکلی۔ معاشیات و اشیات سب مداری کے کھیل ہیں ورنہ آج تک یہی ثابت نہیں ہو سکا ہے کہ ایک سے ایک مل کر دو ہوتے ہیں یا گیارہ۔ دانتے پل صراط سے گرتے گرتے بال بال بچ گیا۔ غنیمت ہے اسے ایلیٹ نے سنبھال لیا ورنہ دونوں جہنم رسید ہو چکے ہوتے۔ میر تقی میر جب انیس کے گلے میں باہیں ڈالے روتے ہیں تو نظیر اکبرآبادی آگرہ بازار میں ریوڑیاں بیچ رہے ہوتے ہیں۔ پریم چند یہ کس کا کفن سی رہے ہیں؟ اور منٹو کس کی کالی شلوار پہنے اترا رہا ہے۔ ٹالسٹائی، دوستووسکی، چیخف، گورکی سب ایک ہی تھیلے کے چٹے بٹے ہیں۔

آخر فلابیر کو موپاساں سے پنگا لینے کی کیا ضرورت تھی۔ مجھے دیکھو میں ستاروں میں سب سے روشن ستارہ اور گھوڑوں میں سب سے سرکش گھوڑا ہوں۔ وہ سمجھتا ہے اس کے سامنے جتنے لوگ بیٹھے ہیں سب بے لباسی کا لبادہ اوڑھے ہوئے ہیں جب کہ خود اسے نہیں معلوم کہ اس کے خصیوں کی سلسلاہٹ کو زائل ہوئے زمانہ بیت چکا۔ باسی نوالے چباتے چباتے اس کے دانت جھڑ چکے ہیں لہٰذا اب وہ سوائے گھٹیا شاعری کا لالی پاپ چوسنے کے کچھ بھی کرنے سے قاصر ہے۔''

وہ دائیں بائیں گردن گھماتا، ہاتھ نچاتا ہوا جانے کیا کیا کہے جارہا تھا۔ میں حیرت سے اس کی شکل دیکھ رہا تھا۔ پہلے تو میں سمجھا شاید مجھے نشہ ہو گیا مگر میں نے صرف دو پیگ ہی پیے تھے۔ تیسرا پیگ جوں کا توں میز پر دھرا تھا۔ پھر یہ کس قسم کی گفتگو ہے؟ وہ کیا بول رہا ہے؟ ایک لمحہ کو لگتا وہ کوئی بہت معنی خیز بات کہہ رہا ہے مگر دوسرے ہی پل محسوس ہوتا کہ وہ محض یاوہ گوئی کر رہا ہے۔ میرا سر چکرانے لگا میں کسی طرح وہاں سے بھاگ جانا چاہتا تھا مگر فرار کی کوئی راہ سجھائی نہیں دے رہی تھی۔

اچانک میں نے محسوس کیا کہ وہ یکلخت چپ ہو گیا ہے۔ کمرے میں مرگھٹ کا سناٹا چھا گیا صرف دیوار پر لگی گھڑی کی ٹک ٹک سے مجھے اپنے ہونے کا احساس ہو رہا تھا، یک بیک اس کے حلق سے ایک بے ہنگم سی خرخراہٹ نکلی۔ آنکھیں حلقوں سے ابل پڑیں۔ باچھیں چر کر کلوں سے جالگیں۔ وہ دونوں ہاتھوں سے اپنا سینہ پکڑ کر جھکنے لگا۔ جھکتا گیا اور پھر 'بق بق' کی مکروہ آواز کے ساتھ اس نے ایک بڑی سے قے کر دی۔ میں اچھل کر پیچھے ہٹ گیا۔ میز پر رکھے شراب کے گلاس الٹ گئے اور گزک کی پلیٹوں میں زرد اور سبزی مائل رنگ کا گاڑھا لعاب تیرنے لگا۔ مجھے متلی سی ہونے لگی۔ میں نے منہ پھیر لیا مگر ایک کھٹی قسم کی بو میرے نتھنوں میں گھستی چلی گئی۔ وہ حلق سے 'بق بق' کی آوازیں نکالتا برابر قے کیے جارہا تھا۔ اتنے میں اندرونی کمرے کی چق ہٹی۔ اس کی بیوی باہر نکلی۔ اس کا سر اور کان اب بھی ردا میں لپٹے ہوئے تھے۔ میں نے اسے دیکھتے ہی ہکلاتے ہوئے کہا۔

''یہ دیکھیے۔ انھیں پتا نہیں کیا ہو گیا ہے۔''

اس نے کچھ نہیں کہا، اپنے شوہر کے قریب آئی۔ ایک ہاتھ اس کی پیشانی پر رکھا اور دوسرے ہاتھ سے اس کی پیٹھ سہلانے لگی۔ دھیرے دھیرے اس کی الٹیاں رک گئیں مگر اس کی

ناک اور منہ سے لعاب کے لیس دار تار لٹک رہے تھے۔ بیوی نے تولیے سے اس کا منہ پونچھا۔ بوتل سے گلاس میں پانی انڈیل کر اسے دو گھونٹ پانی پلایا۔ وہ سنبھل گیا تھا مگر اس کا چہرہ زرد پڑ گیا تھا۔ آنکھوں کی چمک بھی ماند پڑ گئی تھی اور اس کا نچلا ہونٹ اونٹ کی طرح لٹک گیا تھا۔ بیوی اسے سہارا دیتی ہوئی اندر جانے کے لیے مڑی۔ اندر جاتے جاتے میری طرف پلٹی۔ بے تعلق نظروں سے مجھے دیکھا اور پوچھا۔

''آپ کھانا کھائیں گے؟''

اس کا لہجہ ایک دم سپاٹ تھا جیسے کوئی رٹا ہوا جملہ دہرایا گیا ہو۔ میں نے اس کی طرف دیکھا۔ اس کا چہرہ ہر قسم کے تاثر سے عاری تھی۔

میں نے نفی میں گردن ہلا دی۔

''آپ جا سکتے ہیں۔ خدا حافظ۔''

اس نے جھٹکے سے کہا اور اس کا ہاتھ پکڑے آگے بڑھ گئی۔ وہ کسی دیرینہ مریض کی طرح لڑکھڑاتے قدموں سے اس کے ساتھ چلا جا رہا تھا۔ اب میرے لیے وہاں رکنے کا کوئی مطلب بھی نہیں تھا۔ مجھے صریحاً اپنی توہین کا احساس ہو رہا تھا۔ میں نے اپنا جھولا اٹھایا اور باہر کے دروازے کی سمت مڑ گیا۔ جب میں دروازے سے باہر نکل رہا تھا تبھی پشت سے اس کی بیوی کی آواز سنائی دی۔

''باہر گیٹ کا پھاٹک بند کر دیجیے گا۔ آوارہ کتے اندر آ جاتے ہیں۔''

''سٹاک' مجھے لگا کسی نے پوری قوت سے میری پیٹھ پر چابک رسید کر دیا ہو۔ میں تڑپ کر پلٹا۔ اس سے پہلے کہ میں جواب میں کچھ کہتا وہ اسے لیے ہوئے اندر جا چکی تھی۔ معاً میری نظر لرزتی ہوئی چق پر پڑی۔ چق کی جھالر کے پیچھے سے چھے عدد متوحش آنکھیں مجھے گھور رہی تھیں۔

میں چپ چاپ مڑا اور لڑکھڑاتے قدموں سے گیٹ کے باہر نکل گیا۔

☆☆☆

بازگشت

— علی امام نقوی

آگ کے شعلوں سے بستی روشن ہوئی تو اس نے معنی خیز انداز میں اپنے جوان بیٹوں کے چہروں پر موجود پریشانیوں کے سائے کچھ بڑھتے ہوئے دیکھے۔ کنکھیوں سے بچوں کے باپ ہزارہ سنگھ کے چہرے پر نظر ڈالی جو کسی گہرے تفکر میں ڈوبا ہوا تھا، دوسرے ہی پل اس کی نگاہوں کا زاویہ تبدیل ہو کر سولہ برس کی بیٹی کے چہرے کو اپنے حصار میں لے آیا۔ وہ مکان کے سب سے پوتر حصے میں گرو جی کی بیڑ کے سامنے ہاتھ جوڑے من ہی من میں سب کی سلامتی کی دعا مانگ رہی تھی۔ سب کو ہراساں دیکھ دل ہی دل میں وہ مسکرائی، پھر کچھ سوچ کر چھوٹے چھوٹے قدم اٹھاتے ہوئے زینوں کی طرف بڑھ گئی۔ ہزارہ سنگھ نے تفکر کے کنویں سے سر ابھار کر اس کو دیکھا اور اپنے بڑے بیٹے سے بولا۔

''ہُن کدا ای انصاف دی گل نئی اے۔ اک بندے دی سزا......''

''تسی بھول رئے ہو باؤ جی۔''

بیٹے نے ایک ایک لفظ پر زور دیتے ہوئے معنی خیز انداز میں جواب دیا تو ہزارہ اپنے بیٹے کیہر کو گھور کر رہ گیا۔ باپ اور بیٹے کے درمیان دو جملوں کی گفتگو اس نے بھی سنی۔ ان کے اضطراب نے اس کے اپنے دل کا دریچہ کھول دیا تھا۔ دل میں قید مسکراہٹ چھلانگ لگا کر اس کے ہونٹوں پر براج گئی۔ وہ مکان کی چھت پر پہنچ چکی تھی اور اطمینان سے ادھر اُدھر سے اٹھتے ہوئے آگ کے شعلوں کا رقص دیکھ رہی تھی۔ قرب و جوار سے ابھرنے والی امدادی صدائیں جوں ہی اس کی سماعت سے ٹکرائیں تو اس کے ہونٹوں پر براجی مسکراہٹ کچھ اور پھیل گئی۔ ٹھیک اسی وقت ہوا کا جھونکا اپنے دامن میں جلتے جسموں کی چراند کا بھبکا لیے اس کے نتھنوں سے ٹکرایا اور اس کی مسکراہٹ ہنسی میں تبدیل ہو گئی۔

''بی جی۔ تسی کتھے ہو۔''

سولہ برس کی ہرجیت کور کے مخاطب کرنے پر اس نے پلٹ کر اس کے سراپے کو دیکھا۔ ہرجیت کے پورے وجود پہ کپکپی طاری تھی اور اس کی آنکھوں میں خوف کنڈلی مارے بیٹھا تھا۔

''بی جی...... تسی کتھے ہو...... دیکھو...... مارے پاسے آگ لگی ہے۔''

''ہوں''

''ہوں کی بی جی؟''

''تھکی تھکی نڈھال سی سنتیس برسوں کے بن باس سے لوٹتے ہوئے وہی تو دیکھ رہی ہوں...... تو...... تو نیچے جا...... بھائیوں کے پاس۔''

''تھلے۔''

''ہاں۔ کیہر اور چھوٹے کے پاس۔''

''تسی اتے کی کر رہی ہو...... تسی بھی تھلے آؤ۔''

''تو جا ہرجیت۔''

اس کے تحکمانہ لہجے کی کرختگی محسوس کرتے ہی ہرجیت زینوں کی طرف بڑھ گئی۔ اس نے اپنے جسم کے بالائی حصے کو اک ذرا سا جھکانے کے بعد نیچے صحن میں سر جوڑے بیٹوں اور ہزارہ سنگھ کو دیکھا پھر زینے اترتی ہرجیت کو جو حسرت اور بے چارگی سے اسے دیکھتے ہوئے بے دلی سے زینے طے کر رہی تھی۔ اس نے اپنے خمیدہ وجود کو سیدھا کیا اور پھر ایک مرتبہ جلتے ہوئے مکانوں کو دیکھنے لگی۔ فضا، آہوں، کراہوں اور چیخوں سے اٹی پڑی تھی۔

رینگتی ہوئی ٹرین ایک جھٹکے سے رکی تو کمپارٹمنٹ میں بیٹھے ہوئے مردوں کے ذہنوں میں موجود تشویش نے جھنجھلاہٹ اختیار کر لی تھی۔ جوان گاڑی کے رکتے ہی مستعد ہو گئے۔ ان میں سے بیشتر نے پل بھر کے لیے کمپارٹمنٹ کے بند دروازے کو دیکھا اور دوسرے ہی پل اپنے عزیزوں کو۔ یکا یک وہ سب ہی چونک پڑے تھے۔ ایک دم سے بہت سی آوازوں نے کمپارٹمنٹ کے دروازوں اور کھڑکیوں پر حملہ کر دیا تھا۔ کمپارٹمنٹ میں ٹھسا ٹھس بھرے مسافروں نے اپنی اپنی خوف زدہ نظروں سے کھڑکیوں کے اس پار چمکتی ہوئی کرپانوں کو دیکھا۔ بوڑھی اور ادھیڑ عورتوں نے کم سن اور جوان ہوتی ہوئی بچیوں کو اپنی چھاتیوں سے لپٹا لیا۔ اس اضطراری فعل سے وہ اپنے دلوں کے خوف پر قابو پانے کی ناکام کوشش کر رہی تھیں یا

بچیوں کی ڈھارس بندھا رہی تھیں۔ ادھر دروازہ پیٹا جا رہا تھا اور ہر تھپ تھپاہٹ کی ضرب وہ اپنے دلوں پر محسوس کر رہی تھیں۔

دفعتاً ایک فائر ہوا۔ سب نے چونک کر دیکھا۔ ایک جوان نے اپنی خوبصورت بہن کی چھاتی میں گولی داغ دی تھی اور وہ دوسروں کو بھی اس کی ترغیب دے رہا تھا کہ ایک اور دھماکہ ہوا۔ کمپارٹمنٹ کا دروازہ کھلا۔ گولیاں چلیں اور وہ جوان تیورا کر گرا جس کے ہاتھ میں ریوالور موجود تھا۔ عورتوں کی چیخیں بلند ہونے لگیں۔ گرتے گرتے بھی اس جوان نے اپنا ریوالور حملہ آوروں پر خالی کر دیا تھا ادھر بھی تین چار گرے تھے۔ اور

دوسرے ہی پل نیزوں کی انیاں جوانوں کے سینوں کو برمانے لگیں۔ کرپانوں نے مردوں کے گلے کاٹے۔ ان کے پیٹ چاک کیے۔ ایک کے بعد ایک دل خراش چیخ ابھرتی، اور کسی نئی چیخ میں معدوم ہو جاتی۔ عورتیں جبراً اتاری جانے لگیں۔ جن عورتوں نے اپنی بچیوں کے تحفظ کی خاطر کمر کسی انھیں قتل کر دیا گیا۔ ان کے بعد ایسی عورتوں اور لڑکیوں کو بھی جنھوں نے اپنی چھوٹی بہنوں کی مدافعت کی رتی بھر بھی کوشش کی۔ خود ان کی اپنی بہن بھی اس کے سامنے دیوار بنی کھڑی تھی اور اس کے سامنے ایک جوان ہاتھوں میں سنگین لگی بندوق تھامے کھڑا تھا۔ موت دونوں بہنوں کے سامنے تھی اور جوان کے روبرو تھر تھر کانپتی دو بے یارومددگار لڑکیاں۔

''باجی۔''

اس کی لرزتی ہوئی آواز ابھری۔ بہن نے جرأت کا ذرا سا مظاہرہ کیا اور جواب میں اس کی باجی کی دل خراش چیخ ابھر کر رہ گئی۔ اس کے اور حملہ آور جوان کے درمیان موجود دیوار گر چکی تھی۔

''کی سوچ میں گم اے ہزارے۔''

''دیکھ۔ کی چیز ہے۔ ماں دے خصم اے نوں اُتھے لے جارئے ہوندے۔''

''توڈا کی وچار اۓ۔''

''اے نوں میں گھر لے جاویں گا۔''

''مسلی نوں۔''

''آہو...... دیکھ تسی ...... کڑی نئیں منھے دا گلاس اے۔''

''پھینٹ پھانٹ اور ختم کراے نوں۔''

''اوئے۔ کی گل کردا اۓ۔''

ہزارہ واقعی اسے اٹھا کر لے گیا تھا۔ ساتھیوں کے منع کرنے کے باوجود بھی۔ گھر پہنچ کر اس نے بار بار اس کی عزت لوٹی۔ پھر تو اس کی آبرو ہزارہ کی خواہش کی پابند ہوتی چلی گئی۔

سارا ہنگامہ ختم ہو چکا تھا۔ جنون کا دریا اتر جانے کے بعد ہزارہ نے اس کا دل جیتنے کی بھی کوششیں کی تھیں لیکن اس نے تو اپنے ہونٹ سی لیے تھے۔ اکثر ہزارہ اس سے پوچھتا۔

''تو اناں نوکدوں بھلا دینگی ؟''

مگر اس کے پاس ہزارہ کے سوال کا ایک ہی جواب تھا۔ خاموشی۔ بس گہری خاموشی۔ شروع شروع ناشتہ پانی کا انتظام ہزارہ نے ہی کیا تھا۔ پھر چولہا چوکا خود اس نے سنبھال لیا۔ اپنے پر گزر جانے والی قیامت کے اعصاب شکن احساسات کے اثرات زائل کرنے کی خاطر ہی اس نے مصروفیت کا سہارا لیا تھا۔ اسی قیامت کے عذاب کو بھلانے کی خاطر اس کی کوکھ نے بھی تین جانیں اگل دی تھیں۔ بڑا کیہر سنگھ، چھوٹا کرم جیت سنگھ اور ایک بیٹی ہر جیت کور۔

وقت پر لگا کر اڑتا رہا۔ ہزارہ کے بچے بڑے ہونے لگے۔ تب اسے خیال آیا کہ گاؤں کی زندگی اس کے بچوں کو بہتر مستقبل فراہم نہ کر سکے گی۔ اپنی زمین فروخت کرنے کے بعد وہ دہلی منتقل ہو گیا۔ راجدھانی پہنچ کر اس نے پرچون کی دکان کھولی۔ کاروبار کے ترقی پاتے ہی دکان بڑے بیٹے اور ملازم کے سپرد کر کے اس نے موٹر سائیکل کے پرزوں کی ایجنسی لے لی۔ ترقی نے یہاں بھی اس کے قدم چومے اور — آج ہزارہ کی بچی ہر جیت اسی دہلیز پہ کھڑی تھی جہاں سے خود اس کی اپنی زندگی میں انقلاب آیا تھا۔

جلتے ہوئے مکانوں کی آگ کی روشنی اس کے چہرے پر پڑ رہی تھی اور نیچے صحن میں کھڑا ہزارہ اس سے مخاطب تھا۔

''اوئے تسی تھلے آجا— ائے کی کر رئی اے۔''

چھت کی کگار پر، ہتھیلیاں ٹیک کر اس نے سر جھکا کر نیچے دیکھا، پھر بچوں کو۔ اس سے پہلے کہ وہ ہزارہ کی بات کا جواب دیتی، بلوائیوں نے مکان پر دھاوا بول دیا۔ ہر جیت ڈر کے مارے کمرے میں بھاگی۔ پل بھر میں ہزارہ، کیہر اور کرم جیت نے ایک دوسرے کو دیکھا۔ پھر کھونٹیوں پر ٹنگی ہوئی کرپانوں کو۔ آنکھوں ہی آنکھوں میں کچھ فیصلے ہوئے اور اس سے پہلے کہ وہ کرپانوں کی طرف بڑھتے دروازہ ٹوٹ کر صحن میں آن گرا۔ یکدم سے کئی جوان ہاتھوں میں

جلتی ہوئی مشعلیں، لاٹھیاں اور بندوقیں لیے صحن میں گھس آئے۔ ایک نے آگے بڑھ کر چھوٹے کے کیس پکڑے دوسرا ہزارہ کی طرف بڑھا۔ کیہر کرم جیت کی طرف بڑھا تو ایک بلوائی کا چھرا اس کے پیٹ میں اتر گیا۔ ہزارہ تلملایا اور آگے بڑھا۔ دوسرے بلوائی نے اپنا ریوالور اس کے سینے پر رکھ دیا اور ٹریگر پر اپنی انگلی کا دباؤ بڑھاتے ہوئے گالی دینے لگا۔ کرم جیت دہشت زدہ اب بھی ان کی گرفت میں تھا ایک نے اس کا کام بھی تمام کر دیا۔ تب کسی نے چیخ کر سب کو مخاطب کیا۔

''ایک عورت اور ایک لونڈیا اور ہے گی اس مکان میں۔''

وہ سنبھل گئی۔ اس نے اپنے سارے وجود سے ہمتیں بٹوریں اور چھت پر سے صحن میں کود گئی۔ چند ثانیوں کے لیے تمام حملہ آوروں پر سکتہ طاری ہو گیا۔ اٹھ کر اس نے کولہے جھاڑے ایک نگاہ بلوائیوں پر ڈالی۔ پھر کیہر، کرم جیت اور ہزارہ کی لاشوں کو دیکھتے ہوئے الٹے قدموں کمرے کی طرف بڑھی۔

''سوچو کیا ہو۔ ختم کرو۔''

''اور لونڈیا کو اٹھالو۔''

''بی جی — '' ہر جیت کی کانپتی ہوئی آواز اس کے کانوں سے ٹکرائی۔

''با جی — '' کہیں بہت دور سے خود اپنی آواز بھی اس نے سنی۔

''بی جی — '' ہر جیت نے اسے پھر پکارا۔

''با جی — '' خود اپنی ہی آواز اب اس نے بہت قریب سے سنی۔

''بی ...... جی — '' ہر جیت ہڑبڑا کر کمرے سے نکل آنے کی حماقت کر بیٹھی۔

''سوچو کیا ہو۔ ٹھکانے لگا اسے۔ اور اٹھالو لونڈیا کو۔

اس نے دیکھا ایک بندوق بردار اس کا نشانہ لے رہا تھا۔ پل بھر میں اس نے ایک فیصلہ کیا۔ سرعت سے مڑ کر اس نے ہر جیت کو اپنے سے الگ کیا۔ لپک کر کرپان نکالی اور آن واحد میں وہ کرپان ہر جیت کے پیٹ میں اتار دی۔

وہ جو نشانہ لے رہا تھا۔ بندوق اس کے ہاتھوں میں لرز کر رہ گئی۔ اٹھی ہوئی لاٹھیاں جھک گئیں۔ مشعلوں میں روشن آگ کچھ تیز ہو چلی تھی۔ فرش پر ہر جیت آخری سانس لیتے ہوئے تڑپ رہی تھی اور مشعلوں کی روشنی میں ماں اور بیٹی دونوں کا چہرہ تمتما رہا تھا۔

☆☆☆

لکڑ بگھا چپ ہو گیا

— سید محمد اشرف

اسٹیشن سے گاڑی نکلے ابھی ذرا ہی دیر ہوئی تھی کہ سینکڑوں فولادی قینچیوں پہ چلتی ریل گاڑی نے سیٹی بجائی۔ انجن سے گارڈ کے ڈبّے تک سارے ڈبّوں کے بریک چرچرائے اور شروع ہوتی برساتی رات تلے روشن اور نیم روشن کوپے چپ کھڑے ہو گئے۔ ریل کے شور میں دبی مسافروں کی آوازیں اچانک بلند اور واضح ہو گئی تھیں۔

کھڑکیوں کے شیشوں کے باہر تیز بارش شروع ہو چکی تھی۔ ماہوٹ کی بارش کا پانی ڈبّے کی چھت سے بہہ کر شیشوں تک آتا، بوند بوند کر کے آہستہ آہستہ نیچے سرکتا اور جب کئی بوندیں کسی جگہ مل جاتیں تو ایک بڑی بوند بن کر نم لکیر بناتا کھڑکی کے نچلے حصے کی طرف بہتا چلا جاتا۔ اسے یہ کھیل دیکھنے میں مزا آرہا تھا۔

''کیوں رُک گئی؟'' نانا نے برابر والے سے پوچھا۔

وہ نانا کے پہلو سے لگا بیٹھا تھا، کسمسایا اور پھر بوندوں کا کھیل دیکھنے لگا۔

''کیا معلوم...... کالج کے لونڈوں نے زنجیر کھینچ دی ہوگی۔'' سامنے بیٹھا مونچھوں والا مسافر بولا۔

''آج تو اتوار تھا۔ کوئی اور بات ہے۔ ذرا دیکھنا بھائی۔ کیا چکّر ہے؟''

''باہر بہت بارش ہے بڑے میاں۔'' کھچا کھچ بھرے ڈبّے میں وہ جگہ نہیں چھوڑنا چاہتا تھا۔

نانا نے کھڑکی اوپر سرکائی ہی تھی کہ ٹھنڈی ہوا اور تیز بوچھار اندر گھس آئے۔ کئی مسافروں نے احتجاج کیا، لیکن نانا نے کھڑکی سے باہر نکال کر دیکھ ہی لیا۔ نانا کی گردن کے نیچے سے سر نکال کر اُس نے بھی دیکھا۔ خاموش برساتی رات میں آؤٹر سگنل کی سُرخ آنکھ روشن تھی۔ وہ ڈر گیا اور سر اندر کر کے چپ چاپ بیٹھ گیا۔ نانا نے کھڑکی بند کر دی۔ وہ ان کے اور قریب سرک آیا۔

ایک دم کالی رات میں لال لال روشنی!

سامنے بیٹھی اُس سے ذرا بڑی عمر کی لڑکی اسکارف میں چپکے سے مُسکرائی۔ وہ اس کی طرف بہت دیر سے دیکھ رہی تھی اور اس کا ڈر محسوس کر رہی تھی۔ لڑکی کو مسکراتا دیکھ کر اُسے شرمندگی محسوس ہوئی۔

''ڈبل لائن ہوتی تو گاڑی ایسے ہی تھوڑے رُک جاتی۔'' نانا نے چہرے کا پانی رومال سے خشک کرتے ہوئے سوچا۔

یہ بات اُس کی سمجھ میں نہیں آئی۔ گاڑی کی لائن تو ڈبل ہی ہوتی ہے۔ اکیلی پٹری پر گاڑی کے دونوں طرف کے پہیے بھلا کیسے چل سکتے ہیں۔

نانا کی طرف اُس نے پوچھنے والے انداز سے دیکھا۔

مونچھوں والا اس کا سوال سمجھ گیا۔

''ایسا ہے بیٹے کہ اگر ایک ہی پٹری پر آنے جانے والی دونوں طرف کی گاڑیاں چلتی ہیں تو اگلے اسٹیشن پر اُدھر سے آنے والی گاڑی روک دیتے ہیں۔ جب ایک طرف کی گاڑی پاس ہو جاتی ہے تب دوسری طرف کی گاڑی چھوڑتے ہیں۔''

''تو ہماری گاڑی کیوں روک دی۔ ہماری گاڑی نے تو ابھی ابھی چلنا شروع کیا تھا۔'' اُس نے مونچھوں والے کے بجائے نانا سے سوال کیا۔

یہ بات اسکارف والی لڑکی کی سمجھ میں بھی نہیں آئی تھی۔ وہ بھی بڑے میاں کے چہرے کی طرف جواب کے انتظار میں دیکھ رہی تھی۔

''دارصل اُدھر والی گاڑی ابھی اسٹیشن پر آئی نہیں ہوگی۔'' نانا نے بتایا اور جو شخص بہت دیر سے اوپری برتھ پر لیٹا ایک موٹی سی پرانی کتاب پڑھ رہا تھا، بولا:

''پٹری ایک اور گاڑیاں بہت ہیں اور کوئی گاڑی بھی اسٹیشن پر نہیں پہنچی، سب بیچ میں ہیں۔ اس لیے گاڑی روک دی۔ کون ہے جو روکتا ہے گاڑیاں؟''

اتنے حصے کے سارے مسافر منہ اُٹھائے بے تکے جملے بولنے والے اُس شخص کو دیکھ رہے تھے۔ لیکن پھر کتاب والا آدمی کچھ نہیں بولا۔

تب اُس کے ذہن میں ایک بات آئی۔ اُس نے نانا کا کندھا پکڑ کر بہت یقینی انداز میں کہا۔

''ہیں نانا۔ اسٹیشن بابو روکتے ہوں گے گاڑیاں؟''

''ہاں بیٹا۔''

وہ دل ہی دل میں بہت خوش ہوا کہ جو بات موٹی کتاب والا نہیں جانتا وہ اُسے معلوم تھی۔ اُس نے بہت فخر کے ساتھ اسکارف والی لڑکی کی طرف دیکھا۔ وہ اُس وقت اپنی چھوٹی بہن کے لیے بسکٹ کا ڈبّہ کھول رہی تھی۔ معلوم نہیں اُس نے سُنا کہ نہیں۔

''چلتی ہوئی گاڑیاں اسٹیشن بابو روکتے ہیں۔'' اُس نے چلّا کر کہا۔

نانا، مونچھوں والا، وہ لڑکی اور سب اس کی طرف دیکھنے لگے تھے۔ اُس نے محسوس کیا کہ اُس کی آواز زور سے نکل گئی تھی۔ وہ بات بنانے کے لیے نانا کے رومال کا چوہا بنانے لگا۔ اور تب اُس نے دیکھا کہ اسکارف والی لڑکی نے اپنی بہن کی آنکھ سے بچا کر آدھے سے زیادہ بسکٹ اپنی فراک کی جیب میں رکھ لیے تھے۔ یہ دیکھ کر اُسے انجانا سا دُکھ ہوا۔ اس نے کھڑکی کے باہر دیکھا۔ دُور بستی کی روشنیاں بارش کے پسِ منظر میں آڑی ترچھی متحرک کرنیں بنا بنا کر چمک رہی تھیں۔

اچانک گاڑی سے تھوڑی دُور چار دیواری میں بنے مکان میں ایک بڑا بلب روشن ہوا۔ اُس روشنی میں اُس نے دیکھا کہ بڑے مکان میں بنے بڑے سے برآمدے میں ایک بڑی سی میز پر ایک بڑا کتا بڑا سا منہ پھاڑے کھڑا ہے۔

''نانا! نانا! دیکھیے میز پر کتا کھڑا ہے۔'' اُس نے نانا کا کندھا ہلا کر کہا۔

''نہیں بیٹے، یہ کتا نہیں۔ لکڑ بگھا ہے۔ ایس۔ پی۔ صاحب نے اُس خونی لکڑ بھگّے کو اکیلے مارا تھا۔ اُس کی کھال میں بھوسہ بھروا کر اپنے برآمدے میں سجاوٹ کے لیے لگا رکھا ہے۔''

''لکڑ بگھا کون ہوتا ہے نانا؟'' اُس نے ڈر محسوس کیا۔

تب اسکارف والی لڑکی نے جلدی سے کہا: ''لکڑ بگھا بھیڑیا ہوتا ہے۔''

''بھیڑیا کون ہوتا ہے؟''

بھیڑیا!!!'' وہ کچھ سوچنے لگی اور پھر بولی۔

''بھیڑیا اور لکڑ بگھا سب ایک جیسے جانور ہوتے ہیں۔''

تب مونچھوں والے نے کہا۔

''مگر یہ لکڑ بگھا ذرا الگ تھا۔ یہ ہنستا بھی تھا اور مرتے دم رویا بھی تھا۔''

''ارے..... '' اُس کے مُنہ سے بس اتنا ہی نکلا! اُس نے نانا کا ہاتھ مضبوطی سے پکڑلیا۔
تب کتاب والا اوپر سے بولا: ''اسی لیے جب اُس کی سُرانی بنی تو سُرانی بنانے والے نے کمال کر دیا۔ اُس کا منہ پھیلا کر جبڑوں میں ایک لکڑی کا تنکا اس طرح پھنسا دیا کہ مُنہ کھلا کا کھلا رہ گیا۔ کبھی لگتا ہے یہ ہنس رہا ہے، کبھی لگتا ہے مُنہ پھاڑے رو رہا ہے۔''
یہ سُن کر اُس کے بدن میں تھرتھری سی دوڑ گئی۔
کتاب والے نے بھاری آواز میں کہا تھا۔
''یہ ہمیشہ ہنستا ہی رہتا ہے۔ یہ ہمیشہ روتا ہی رہتا ہے۔''
اُس نے پہلے تو اسکارف والی لڑکی کی طرف دیکھا۔ پھر ہمت کر کے آہستہ آہستہ نظریں اُدھر کیں اور کھڑکی کے باہر چاردیواری میں بنے مکان کے برآمدے میں رکھی میز پر کھڑے اس لکڑ بگھے کو دیکھا۔
اُسے لگا جیسے وہ ہنس رہا ہے۔ اُسے لگا جیسے وہ رو رہا ہے۔
اچانک کسی نے کھڑکی کے باہر سے چلّا کر کہا۔
''دروازہ کھلوادو بھائی صاحب۔ آخری گاڑی ہے۔ میرا جانا بہت ضروری ہے۔ میری مدد کرو خدا کے لئے۔''
نانا نے کھڑکی کے شیشے پر ہاتھ رکھے رکھے باہر کھڑے اُس شخص کو دیکھا جو دھیمی روشنی کے باوجود بہت بیتاب نظر آرہا تھا۔
اُس نے ہنستے روتے لکڑ بھگے کی جانب سے نگاہیں واپس کھینچیں اور دیکھا کہ دُھندلے شیشوں کے پیچھے وہ آدمی بارش میں بالکل شرابور ہو چکا تھا۔ اُس کے ہاتھوں میں پلاسٹک جیسا ایک تھیلا تھا جسے بچانے کے لیے وہ جان توڑ کوشش کر رہا تھا۔
''دروازہ نہیں کھلے گا۔ اسٹیشن پر کیوں نہیں بیٹھ گیا تھا۔'' مونچھوں والا گرجا۔
باہر والے نے منہ پھیلا کر سانس کے زور سے پھونک مار کر بالوں اور چہرے سے بہتے پانی کی بوند کو دھکیلا اور ایسے چلّایا جیسے ڈوبتا ہوا آدمی چلّاتا ہے۔ ''دروازہ کھلوادو میں سب بتادوں گا۔ جلدی کرو بھائی صاحب جلدی، گاڑی چل دے گی۔''
''آج کل کا کوئی ٹھیک نہیں۔ معلوم نہیں کوئی چور اُچکا ہو۔ دروازہ مت کھلنے دینا۔'' ڈبّے کے اندر کوئی مسافر بولا تھا۔

اُس نے دیکھا نانا شش و پنج میں تھے۔

اب باہر والے نے تھیلا ایک ہاتھ میں پکڑ کر دوسرے ہاتھ سے کھڑکی کا شیشہ پیٹنا شروع کر دیا تھا۔

''یہ مت کرو جی۔ صبح والی گاڑی سے چلے آنا۔ ڈبے میں ویسے ہی جگہ نہیں ہے۔'' نانا نے چلّا کر کہا۔

''دروازے میں بیٹھ جاؤں گا۔ بھائی کے لیے خون کی بوتل لے کر جا رہا ہوں۔ صبح اُس کا آپریشن ہے۔ نہیں پہنچا تو وہ مر جائے گا۔ جلدی کرو بابا گاڑی چلنے ہی والی ہے۔'' وہ رحم طلب نظروں سے سب کی طرف دیکھ کر بولا۔

''بہروپیا ہے۔ جھوٹا ہے۔'' مونچھوں والا گرج کر بولا۔

اپنی گرج سے وہ باہر والے کو کم اندر والوں کو زیادہ ڈرانا چاہتا تھا تا کہ کوئی دروازہ نہ کھول سکے۔ دراصل ڈبہ کھچا کھچ بھرا ہوا تھا۔ گیلری تک میں آدمی بھرے پڑے تھے۔ دروازے کا شیشہ اور شٹر سب بند تھے، اس لیے وہ دروازے سے ملی کھڑکی میں بیٹھے بڑے میاں سے رحم طلب کر رہا تھا۔

اسکارف والی لڑکی کی ماں اپنے کسی پچھلے سفر میں ملے چور کا ذکر بلند آواز میں کرنے لگی تھی۔

''میں چور نہیں ہوں۔ قسم سے میں چور نہیں ہوں۔'' بارش کے شور میں اُس کی آواز دب رہی تھی، اُبھر رہی تھی۔

نانا کے پہلو سے لگے لگے اُس نے محسوس کیا کہ اُس کی رگیں کھنچ رہی ہیں اور کوئی چیز سینے میں بُری طرح گھُٹ رہی ہے۔

''نانا، نانا! دروازہ کھلوا دو۔ دیکھو اس کا بھائی مر جائے گا نانا، میں کھول آؤں؟''

''بیٹھے رہو تم۔'' نانا کے بولنے سے پہلے ہی مونچھوں والے نے ڈپٹ کر کہا۔ اُس نے سہمی سہمی نظروں سے مونچھوں والے کی طرف دیکھا۔ پھر نانا کی طرف دیکھا جو چُپ چاپ تھے۔ پھر ڈرتے ڈرتے اسکارف والی کو دیکھا جو سب کچھ سُن رہی تھی اور کچھ سوچ رہی تھی اور تھوڑی دیر بعد کھڑکی سے باہر چار دیواری میں بنے مکان کے برآمدے میں میز پر کھڑے منہ پھاڑے لکڑ بگھے کو دیکھ لیتی تھی۔ اس کو اپنی طرف دیکھتا محسوس کر کے اسکارف والی نے اس

کی طرف دیکھا۔ اس بار وہ مسکرائی نہیں تھی۔ شاید اُس کا بھی دل چاہ رہا تھا کہ دروازہ کھول دیا جائے۔ اسکارف والی کو ایسا سوچتا محسوس کر کے اُس نے خود میں ہمت محسوس کی اور سوچا کہ یہ مونچھوں والا شخص بڑا کمینہ ہے۔ یہ تو خود چور سا لگتا ہے۔ تھوڑی دیر پہلے جب نانا نے گاڑی رکنے کی وجہ جاننے کو کہا تھا تو کیسا بہانہ بنا رہا تھا کہ باہر بارش ہے۔ کوئی نیچے تھوڑی ہی اُتر کر دیکھنا تھا۔ اس کو ڈر لگ رہا تھا کہ کوئی اُس کے اُٹھتے ہی اُس کی جگہ پر نہ بیٹھ جائے۔ کمینہ۔ مونچھیں ہوتے ہوئے بھی ڈرتا ہے کہ باہر والا آئے گا تو جگہ گھیر لے گا اور اپنے بھیگے کپڑوں سے اُسے بھگو دے گا۔ جھوٹا، مکار۔

نانا جو کھڑکی کے پاس بیٹھے تھے اب کھڑکی کے شیشے سے رستے پانی میں آہستہ آہستہ بھیگنے لگے تھے۔

کھڑکی کے شیشوں پر اب باہر والے نے جنونی انداز میں ہاتھ مارنا شروع کر دیا تھا۔ اس کے ہاتھ کی دھمک سے شیشوں پر چپکا پانی بار بار نانا کے کپڑوں پر چھلک آتا تھا۔

اچانک اُس کے ننھے سے ذہن میں ایک بجلی سی کوندی۔

''نانا! اسے دروازہ کھول کر اندر کرلو۔ اس کا بھائی مر گیا تو سب پر گناہ پڑے گا۔ اسے کھڑکی کے پاس بٹھا دینا تو تم پانی سے بھی بچ جاؤ گے۔ ہیں نانا۔''

نانا نے مونچھوں والے کا تاثر جاننے کے لیے اس کے چہرے کی طرف دیکھا۔ مونچھوں والے کے ماتھے کی رگیں اس تجویز پر کھلنے لگی تھیں اور چڑھی ہوئی آنکھوں کے انگارے ماند پڑنے لگے تھے اور آہستہ آہستہ چہرے کی سختی دور ہو رہی تھی۔

ننھے سے بچے کے مدد کے جذبے کو دیکھ کر اور اپنی اپنی سیٹ محفوظ خیال کر کے سب مطمئن نظر آرہے تھے۔ اسکارف والی کی ماں نے بھی پچھلے سفر کے چور کا قصہ درمیان میں چھوڑ دیا تھا اور نظریں نیچی کر کے چھوٹی بچی کو کمبل میں لپیٹنے والی تھی۔

باہر والا زور سے گھگھیا کر چیخا۔

''تم سب کو اپنے اپنے بھائیوں کا واسطہ دروازہ کھلوا دو۔ بتی ہری ہوگئی ہے۔ گاڑی چلنے والی ہے۔''

اُس نے نانا کی طرف دیکھا۔ تیزی سے اُٹھا، مسافروں کی ٹانگوں سے اُلجھتا، ٹکراتا گھوم کر دروازے پر پہنچا۔ مسافر ہاں ہاں کرتے ہی رہ گئے کہ اس نے دروازہ کھول دیا۔ باہر

وہ بجلی کی طرح اندر آیا اور دروازہ بند کر کے زور زور سے ہانپنے لگا۔ وہ نیلے رنگ کی قمیص پہنے ہوئے تھا جو بدن سے چپک کر رہ گئی تھی۔

''میں نے دروازہ کھولا۔'' اُس نے اس کی طرف داد طلب نظروں سے دیکھ کر کہا۔ نیلی قمیص والے نے اُس کی طرف ایسے دیکھا جیسے وہ ایک ننھا سا فرشتہ ہو جو اپنے پنکھ گھر کی الماری میں بند کر آیا ہے۔

''ہمارے نانا کے پاس کھڑکی کی طرف بیٹھ جانا۔ نانا پر پانی آنے لگا ہے۔'' اُس نے کہا۔

نیلی قمیص والے نے تھیلا احتیاط سے رکھ کر اپنے کپڑے اُتارے۔ سردی میں تھرتھراتے بدن کے کانپتے ہاتھوں سے اپنے کپڑوں کو جھڑک کھول کر باہر نکال کر نچوڑا، پہنا اور تھیلا اُٹھا کر اس کے ساتھ آ کر نانا کے برابر کھڑکی کی طرف بیٹھ گیا، اور تھیلا گود میں رکھ لیا۔

مونچھوں والے نے ترچھی نظر کر کے، مشکوک انداز میں اُس کے تھیلے کی طرف دیکھا۔ پلاسٹک کے تھیلے میں خون کی بوتلیں صاف نظر آ رہی تھیں۔ مونچھوں والے کو مایوسی ہوئی۔ وہ بڑبڑایا۔

''آخر جب سگنل ہو گئے تو گاڑی چلتی کیوں نہیں؟''

اس کا دل چاہا کہ گاڑی ابھی کچھ دیر اور کھڑی رہے۔ وہ لکڑ بھگے کو ٹھیک سے نہیں دیکھ سکا تھا۔ اسکارف والی اپنی ماں سے پوچھ رہی تھی کہ اگر منہ میں پھنسا تنکا گر جائے تو کیا پھر بھی لکڑ بگھے کا منہ ایسا ہی کھلا رہے گا۔

''معلوم نہیں گاڑی کیوں رُکی کھڑی ہے کم بخت۔'' اُس کی ماں نے اونگھتے اونگھتے آنکھیں کھول کر کہا۔

اُدھر نانا نے اُسے بتانا شروع کیا۔

''یہ تو نہیں معلوم کہ یہ ہنسا کیوں تھا اور رویا کیوں تھا لیکن اتنا ضرور ہے کہ اب بھی جب تیز ہوائیں چلتی ہیں اور اس کے کھلے ہوئے منہ سے ہو کر گزرتی ہیں، تو ایسا لگتا ہے جیسے یہ زور زور سے ہنس رہا ہے یا زور زور سے رو رہا ہے۔ پر بیٹا یہ ہے بڑا منحوس جانور۔ یہ جس دن مرا تھا اس کے دوسرے ہی دن کپتان پولیس نے اپنا تبادلہ کرا لیا تھا۔ یہ ٹرافی تو اگلے ایس۔ پی نے بنوائی تھی۔''

اچانک نانا نے نیلی قمیص والے کی طرف دیکھ کر کہا۔

''ذرا کھڑکی گھیر کے بیٹھو جی۔ پانی مجھے بھگوئے دے رہا ہے۔''

اُسے نانا کی اس بات نے دکھ دیا۔

اچانک پوری گاڑی کی بجلی چلی گئی اور گھپ اندھیرا چھا گیا۔

اس نے سہم کر نانا کا ہاتھ مضبوطی سے تھام لیا۔

مسافروں نے ریل کی بدانتظامیوں پر گفتگو کرنا شروع کر دی۔

نانا نے کھڑکی کے باہر جھانک کر دیکھا۔ گارڈ چھتری لگائے گزر رہا تھا۔

''کیا ہوا گارڈ صاحب۔ اندھیرا کیوں ہو گیا؟'' نانا نے زور سے پوچھا۔

''کچھ نہیں بیٹھے رہو۔ ڈائنامو کا تار نکل گیا ہے۔ ابھی ٹھیک ہو جائے گا۔''

ڈبے میں بالکل تاریکی تھی۔ بڑی مشکل سے ایک دوسرے کا چہرہ نظر آ رہا تھا۔ تاریکی کے ساتھ خاموشی بھی کہیں سے دَر آئی تھی۔ سکوت اور اندھیرا۔ اسی لیے باہر کا منظر کچھ روشن اور با آواز ہو گیا تھا۔ باہر بارش کا زور ٹوٹ رہا تھا لیکن ہوا تیز ہو گئی تھی۔

نیلی قمیص والے نے کھڑکی آدھی کھول لی تھی۔ اب بوچھار نہیں آ رہی تھی۔

باہر کوئی بھاگتا ہوا آیا اور نیلی قمیص والے کا بازو پکڑ کر بولا۔

''دروازہ کھول دو بھیا۔ اسٹیشن سے بھاگتا ہوا آ رہا ہوں۔ گاڑی چھوٹ گئی تھی، بڑی مشکل سے مِل پائی ہے۔''

اُس نے نانا کا ہاتھ پکڑے پکڑے مونچھوں والے کی طرف دیکھا۔ وہ اپنی سیٹ پر خود کو محفوظ اور مطمئن محسوس کیے اونگھ رہا تھا۔

اسی وقت ہوا کا ایک جھونکا ڈبے پر سے ہوتا ہوا چاردیواری میں بنے مکان کے برآمدے کی طرف گیا اور خاموش تاریک رات میں ایک ہولناک آواز اُبھری، وہ تھرتھرا گیا۔

نانا نے لپٹاتے ہوئے سرگوشیوں میں کہا۔

''دیکھو لکڑبگھا ایسے ہنستا ہے۔ اس طرح روتا ہے۔''

اُس نے ڈرتے ڈرتے آنکھیں کھولیں۔

لکڑبگھا منہ پھاڑے کھڑا تھا۔ ہوائیں چل رہی تھیں اور وہ ہنس رہا تھا، اور رو رہا تھا۔ برآمدے کی روشنی میں اس کے جبڑے صاف نظر آ رہے تھے جن میں نوکیلے دانت چمک رہے تھے۔ اسے اپنے اندر سنسنی سے دوڑتی ہوئی محسوس ہوئی۔

اسکارف والی بھی اپنی ماں سے چمٹ کر بیٹھ گئی تھی۔ کھچاکھچ بھرے ڈبے میں سب خاموش تھے۔

باہر کھڑے آدمی نے نیلی قمیص والے کا شانہ زور زور سے ہلایا۔

''بھائی صاحب میری مدد کرو۔ میرے بھائی کا ایکسی ڈنٹ ہو گیا ہے۔ ابھی ابھی خبر ملی ہے۔ اس کی حالت بہت نازک ہے۔ اسپتال میں دم توڑ رہا ہے۔''

نیلی قمیص والے نے اپنے تھیلے کو مضبوطی سے سنبھالا۔ کھڑکی کا شیشہ گرایا اور اونگھنے لگا۔

اسکارف والی زور سے چلّائی:

''امّی - امّی دیکھو۔ لکڑ بگھا اب نہ ہنس رہا ہے نہ رو رہا ہے۔ ہوا کے زور سے وہ تنکا گر گیا۔ لکڑ بگھا چپ ہو گیا امّی۔''

جو اتنی دیر سے سب کچھ سُن رہا تھا، سب کچھ دیکھ رہا تھا اُس نے اپنے نانا کی کمر مضبوطی سے پکڑ کر نیلی قمیص والے کی آنکھوں میں دیکھا۔ نیلی قمیص والے کی آنکھیں اُس کی آنکھوں سے چار ہوئیں اور ڈبے کے نیم تاریک سنّاٹے میں اس نے بہت واضح محسوس کیا کہ نیلی قمیص والے کی آنکھیں پہلے سے چھوٹی ہو گئی ہیں اور جبڑے آپس میں بھنچ گئے ہیں۔

☆☆☆

بگولے

— شموئل احمد

قدِ آدم آئینے کے سامنے کھڑی لتیکا رانی اپنے برہنہ جسم کو مختلف زاویوں سے گھور رہی تھی، اس کے ہونٹوں پر ایک مطمئن سی فاتحانہ مسکراہٹ تھی اور آنکھوں میں پراسراری چمک۔ ایک ایسی چمک جو شکاری کی آنکھوں میں اس وقت آتی ہے جب وہ اپنا جال اچھی طرح بچھا چکا ہوتا ہے اور ہونٹوں پر ایک مطمئن سی مسکراہٹ لیے ایک گوشے میں بیٹھا شکار کا انتظار کرتا رہتا ہے۔ لتیکا رانی نے بھی اپنے جال بچھائے تھے اور فتح کا یقین کامل اس کی آنکھوں میں چمک اور ہونٹوں پہ مسکراہٹ بن کر رینگ رہا تھا۔ یوں تو لتیکا رانی نے شکار کئی کئے تھے اور کلب میں بڑی شکاری مشہور تھی۔ لیکن یہ شکار اپنی نوعیت کا بالکل انوکھا تھا اور وہ اپنی اس کامیابی پر پھولے نہ سمائی تھی۔ اس نے مس چودھری کی طرح کبھی پیسے کے لیے شکار نہیں کیا تھا۔ اس کے پاس پیسے کی کمی بھی نہ تھی۔ شہر میں کپڑے کی تین تین ملیں تھیں اور اس کے علاوہ بنک بیلنس بھی کافی تھا۔ وہ محض جنسی آسودگی کے لیے لوگوں سے رسم وراہ بڑھاتی تھی۔ مس چودھری سے تو اس کو شدید نفرت تھی کیونکہ مس چودھری نے ہمیشہ پیسوں پر جان دی تھی اور جاہل اور بھدے قسم کے لکھ پتیوں کے ساتھ گھومتی تھی جن کے پیلے پیلے بدنما دانتوں سے تو ایسی بُو آتی تھی کہ لتیکا رانی کو ان سے باتیں کرتے ہوئے ناک پر رومال رکھ لینا پڑتا تھا۔ لتیکا رانی کو اس بات کا فخر تھا کہ اس نے کبھی ایسے ویسوں کو لفٹ نہیں دی۔ پچھلی بار اس کے ساتھ ایک ماہر نفسیات کو دیکھا گیا تھا۔ یہ اور بات تھی کہ وہ پھر جلد ہی ان لوگوں سے اکتا جاتی تھی۔ لتیکا رانی کا مردوں کے متعلق وہی خیال تھا جو بعض مردوں کا عورتوں کے متعلق ہوتا ہے۔ یعنی وہ مردوں کو بستر کی چادر سے زیادہ نہیں سمجھتی تھی کہ جب میلی ہو جائے تو بدل دو اور اس لیے کوئی چادر اس کے پاس ایک ہفتے سے زیادہ نہیں ٹک پائی۔ اس کے متعلق یہ مشہور تھا کہ وہ ہمیشہ جوان اور تنومند ملازم رکھتی ہے اور آئے دن انہیں بدلتی رہتی ہے۔ اور یہ بات سچ

تھی۔ آج کل اس کے پاس ایک نوجوان دیہاتی ملازم آکر رہا تھا جو وقت بے وقت اس کو بڑا سہارا دیتا تھا۔ خصوصاً اس دن تو وہ اس کے بڑا کام آیا تھا جب وہ نوجوان انجینئر اس کے ساتھ بڑی رکھائی سے پیش آیا تھا اور اس کی پیش کش کو ٹھکرا کر مسز درگا داس کے ساتھ پکچر دیکھنے چلا گیا تھا۔ اس دن لتیکا رانی نے حد سے زیادہ پی تھی اور کوئی آدھی رات کو کلب سے واپس لوٹی تھی۔ کلب سے آکر سیدھی ملازم کے کوارٹر میں گھس گئی تھی اور اس دیہاتی ملازم کو اس نے صبح تک ایک دم نچوڑ کے رکھ دیا تھا لیکن پھر بھی جیسے اس کی تسکین نہیں ہوئی تھی۔ اس انجینئر کو کھونے کا درد اور بڑھ گیا تھا۔ مسز درگا داس کے لیے لتیکا رانی کا دل نفرت سے بھر گیا تھا کیونکہ یہ کوئی پہلا واقعہ نہیں تھا۔ مسز درگا داس اس سے زیادہ تجربہ کار منجھی ہوئی شکاری تھی اور اس نے اس کے کئی شکار باتوں ہی باتوں میں اُڑا لیے تھے۔ اس سے بدلہ لینے کے منصوبے وہ رات دن بناتی رہتی اور اس دن جب مسٹر کھنہ کے یہاں وہ پکنک کا پروگرام بنانے گئی تو اس نو عمر لڑکے کو دیکھ کر اس کو ایسا لگا جیسے کسی نے اس کے زخموں پر مرہم رکھ دیا ہے۔ وہ صوفے پر بیٹھا ''لائف'' کی ورق گردانی میں مصروف تھا۔

''مسٹر کھنہ ہیں—؟'' لتیکا رانی نے اس کو گھورتے ہوئے پوچھا۔

''جی..... ! وہ— تو پونا گئے ہوئے ہیں۔'' اس نے چونک کر لتیکا رانی کی طرف دیکھا اور بڑی معصومیت سے پلکیں جھپکائیں۔ لتیکا رانی کو اس کا اس طرح پلکیں جھپکانا کچھ اتنا اچھا لگا کہ وہ بے اختیار اس کے قریب ہی صوفے پر بیٹھ گئی۔

''آپ کو تو یہاں پہلی بار دیکھا ہے.....''

''جی ہاں　ملازمت کے سلسلے میں آیا تھا۔''

''اوہ تو آپ مالتی کے بھائی ہیں۔'' لتیکا رانی نے معنی خیز مسکراہٹ کے ساتھ پوچھا۔

جواب میں اس کی نظریں جھک گئیں اور چہرے پر ندامت کی لکیریں سی اُبھر آئیں۔

''مالتی تو مسٹر کھنہ کے ساتھ گئی ہوگی۔''

''جی ہاں—'' اس نے پلکیں جھپکاتے ہوئے جواب دیا۔

لتیکا رانی اس کو بڑی دلچسپی سے دیکھ رہی تھی۔ آنکھیں خاصی بڑی بڑی اور پُرکشش تھیں اور کچھ کہتے ہوئے وہ کئی بار پلکیں جھپکاتا اور بہت سادہ معصوم نظر آتا۔ مسیں کچھ کچھ بھیگ چلی تھیں اور ہونٹ بہت پتلے اور باریک تھے۔ چہرے کے سانولے پن نے اس کو اور

زیادہ پُرکشش بنادیا تھا۔لتیکارانی کا یکا یک جی چاہا کہ وہ اس کے ہونٹوں کو چھو کر دیکھے کتنے نرم و نازک ہیں، لمحہ بھر کے لیے اس کو اپنی اس عجیب سی خواہش پر حیرت ہوئی اور وہ مسکراتی ہوئی اس کے تھوڑا قریب سرک آئی۔ لڑکے نے کچھ چور نظروں سے لتیکا کی طرف دیکھا اور پھر جلدی جلدی 'لائف' کے ورق اُلٹانے لگا۔ اس کے چہرے پر پسینے کی بوندیں پھوٹ آئی تھیں اور چہرہ کسی حد تک سرخ ہوگیا تھا۔لتیکا اس کی اس پریشانی پر مسکرا اٹھی۔ وہ اس کے اور قریب سرک آئی۔ اس کی گھبراہٹ سے وہ اب لطف اندوز ہونے لگی تھی۔ لتیکا کی بھی نگاہیں ''لائف'' کے الٹتے ہوئے صفحوں پر مرکوز تھیں۔ ایک جگہ نیم عریاں تصویر آئی اور لڑکے نے فوراً وہ ورق اُلٹ ڈالا لیکن دوسری طرف بوسے کا منظر تھا۔اس نے کچھ گھبرا کر لتیکا کی طرف دیکھا اور ''لائف'' بند کر کے تپائی پر رکھ دیا۔

''آپ کچھ پریشان ہیں؟''لتیکا نے شرارت بھری مسکراہٹ سے پوچھا۔

''جی ...!نہیں تو......''اس کے لہجے سے گھبراہٹ صاف عیاں تھی۔ وہ گھبراہٹ میں اپنی انگلیاں چٹخار ہا تھا۔

''آپ کی انگلیاں تو بڑی آرٹسٹک ہیں ......'' یکا یک وہ اس کی پتلی پتلی انگلیوں کی طرف اشارہ کرتی ہوئی بولی۔

''لیکن مجھ میں تو کوئی بھی آرٹ نہیں.....'' اس دفعہ وہ مسکرایا اور لتیکا رانی کچھ جھینپ گئی۔

''آپ کو پامسٹری پر یقین ہے؟'' اس نے جھینپ مٹاتے ہوئے کہا۔

''تھوڑا بہت.....''

''پھر لائیے آپ کا ہاتھ دیکھوں......'' اور لتیکا اس کے ہاتھ کی لکیریں دیکھنے لگی۔

اس کی ہتھیلی پسینے سے ایک دم گیلی تھی۔لتیکا کی ہتھیلی اور انگلیاں بھی پسینے سے بھیگ گئیں اور اس کو عجیب سی لذت کا احساس ہوا۔لتیکا کے جی میں آیا وہ اس کے ہاتھوں کو اپنے گالوں سے خوب رگڑے اور اس کی ہتھیلی کا سارا پسینہ اپنے چہرے پر مل لے۔ اس پسینے کو وہ سونگھے اور اس کا ذائقہ اپنی زبان پر محسوس کرے۔ اپنے دونوں ہاتھوں سے اس کی ہتھیلی کو دباتے ہوئے اس نے کہا۔

''آپ کا ہاتھ تو بڑا نرم ہے۔ ایسا ہاتھ تو بڑے آدمیوں کا ہوتا ہے۔''

''لیکن میں تو بڑا معمولی آدمی ہوں۔''

''آپ بہت جلد مالدار ہو جائیں گے۔ یہ لکیر بتاتی ہے۔''

''لیکن بھلا میں کیسے مالدار ہو سکتا ہوں۔'' اس نے بڑی معصومیت سے کہا۔

''ہو سکتے ہیں۔'' یکا یک لتیکا رانی کا لہجہ بدل گیا اور لڑکے نے اس طرح چونک کر اس کو دیکھا جیسے وہ پاگل ہو گئی ہو۔

''میرے یہاں آیئے تو اطمینان سے باتیں ہوں گی۔'' لتیکا رانی بڑی ادا سے مسکرائی اور وہ محوِ حیرت اس کو تکنے لگا۔

''آئیں گے نہ......؟''

''جی......کوشش کروں گا۔''

''کوشش نہیں۔ ضرور آیئے۔ یہ رہا میرا پتہ۔'' لتیکا رانی اس کو اپنا ملاقاتی کارڈ دیتے ہوئے بولی اور اس کو حیرت زدہ چھوڑ کر کمرے سے باہر نکل گئی۔ پھر یکا یک وہ مڑی اور قریب آ کر بولی۔

''چلیے......کہیں گھومتے ہیں۔''

''جی......مجھے......مجھے ایک ضروری کام ہے۔'' اس کی آواز کچھ پھنسی پھنسی تھی۔

''آپ اتنے نروس کیوں ہیں؟'' لتیکا نے بڑے پیار سے پوچھا۔ اس کے جی میں آیا کہ اس کو پچکارے اور پیار کرے۔ لتیکا کو وہ ایسا ننھا سا خوف زدہ پرندہ معلوم ہو رہا تھا جو اپنے گھونسلے سے نکل کر کھلے میدان میں آ گیا ہو اور جنگلی درندوں کے درمیان گھر گیا ہو۔

''آنے کی کوشش کروں گا۔''

لتیکا رانی مسکرائی اور پھر کمرے سے باہر نکل گئی۔ کار میں بیٹھ کر اس نے ایک دفعہ دروازے کی طرف دیکھا۔ وہ گیٹ کے پاس کھڑا پلکیں جھپکا رہا تھا۔ لتیکا کو بے اختیار ہنسی آ گئی۔ اُس نے ہاتھ کے اشارے سے اس کو قریب بلایا۔ جب وہ تھوڑا جھجکتے ہوئے قریب آیا تو بولی: ''آج شام سات بجے انتظار کروں گی۔''

اور پھر مسکراتے ہوئے اس نے اس پر ایک آخری نظر ڈالی اور موٹر اسٹارٹ کر دی۔

گھر پہنچ کر وہ سیدھی غسل خانے میں گھس گئی اور اپنے سارے کپڑے اتار دیئے۔ اس نے ایک دفعہ اپنے عریاں جسم کو غور سے دیکھا اور شاور کھول کر اکڑوں بیٹھ گئی۔ پشت پر پڑتی

ہوئی پانی کی ٹھنڈی پھواریں اسے عجیب لذت سے ہمکنار کر رہی تھیں۔ وہ بیسیوں دفعہ اس طرح نہائی تھی لیکن ایسا عجیب سا احساس کبھی نہیں ہوا تھا۔ کچھ دیر بعد تولیے سے جسم خشک کرتی ہوئی وہ باہر نکل آئی۔ اپنے کمرے میں آکر اس نے تولیہ پلنگ پر پھینک دیا اور قدآدم آئینے کے سامنے کھڑی ہوکر برہنہ جسم کو ہر زاویہ سے دیکھنے لگی۔

وہ آئے گا۔ ضرور آئے گا۔ اس کا دل کہہ رہا تھا۔ ہونٹوں پر فاتحانہ مسکراہٹ رینگ رہی تھی اور آنکھوں میں پراسرار خواہش کے جگنو چمک رہے تھے۔

میز کی دراز سے اس نے سگریٹ نکالا اور ایک کرسی کھینچ کر آئینے کے سامنے بیٹھ گئی۔ پھر سگریٹ سلگاتے ہوئے اس نے ایک دفعہ پھر اپنا عکس آئینے میں دیکھا۔ اپنے آپ کو وہ سولہ سترہ سالہ لڑکی محسوس کرنے کرنے لگی تھی۔ اپنا عکس اس کو عجیب سا لگ رہا تھا۔ آنکھ، ناک، ہونٹ، پیشانی سبھی نئے اور اجنبی سے لگ رہے تھے۔ آنکھوں کے گرد سیاہ حلقے اس کو بہت بُرے لگے۔ سنگار میز پر رکھی ہوئی کریم کی شیشی اٹھا کر بہت سا کریم آنکھوں کے نیچے ملنے لگی۔ پھر اس نے چہرے پر پاؤڈر لگایا اور سگریٹ کے کش لیتے ہوئے گھڑی کی طرف دیکھا تو صرف پانچ بجے تھے۔ اس کے آنے میں کوئی دو گھنٹے باقی تھے۔ یہ دو گھنٹے اس کو پہاڑ سے لگے، اور اگر وہ نہیں آیا تو ...... اس خیال کے آتے ہی جیسے اس کے دل نے کہا۔ وہ اس کو ہر قیمت پر حاصل کرلے گی اور ہمیشہ کے لیے اپنالے گی۔ وہ اس کے ساتھ موٹروں میں گھومے گا۔ کلب، سنیما گھروں، ہوٹلوں اور دعوتوں میں وہ اس کے ساتھ ساتھ ہوگا۔ اُف! کتنا معصوم ہے وہ... بالکل بچوں کی طرح باتیں کرتا ہے اور شرماتا تو ایک دم لڑکیوں کی طرح ہے۔ لتیکارانی کو یاد آگیا کہ 'لائف' کی ورق گردانی کے وقت جو ایک نیم عریاں تصویر آگئی تھی تو کس طرح اس کا چہرہ کانوں تک سُرخ ہوگیا تھا۔ لتیکارانی مسکرا اُٹھی۔ وہ آئے گا تو کیسا شرمایا شرمایا سا رہے گا۔ وہ اس کے ایک دم قریب بیٹھے گا اور اس کو ایک ٹک گھورتی رہے گی۔ وہ اس کو گھورتا دیکھ کر تھوڑا گھبرائے گا اور اس سے ہٹ کر بیٹھنے کی کوشش کرے گا۔ پھر وہ لکیریں دیکھنے کے بہانے اس کا ہاتھ اپنے ہاتھوں میں لے لے گی۔ اس کی انگلیاں کیسی نرم و سبک سی ہیں۔ جب وہ گھبراہٹ میں اپنی انگلیاں چٹخاتا ہے تو کیسا پیارا سا لگتا ہے۔ باتوں ہی باتوں میں وہ اس کے ہاتھوں کو اپنے گالوں سے مَس کردے گی۔ اس کی ہتھیلی کا سارا پسینہ اس کے گالوں میں لگ جائے گا اور اس کے گال چپچپے ہو جائیں گے، تب اس کو کیسا ٹھنڈا ٹھنڈا لگے

گا۔ اور وہ تو ایک دم نروس ہو جائے گا۔ تب وہ اس کو چمکارے گی اور پیار سے کہے گی۔ ''اتنے نروس کیوں ہو؟ یہ تمہارا ہی گھر ہے۔'' اور پھر روشنی ...... مگر نہیں ...... اتنی جلدی نہیں۔ وہ ایک دم گھبرا جائے گا۔ پھر شاید کبھی نہ آئے۔ سولہ سترہ سال کا تو ہے ہی۔ ایک دم نادان اور معصوم۔ لتیکا نے سگریٹ کا آخری کش لیتے ہوئے سوچا۔ اور سگریٹ ایش ٹرے میں مسلتے ہوئے اس نے بے چینی سے گھڑی کی طرف دیکھا۔ چھ بجنے میں کوئی دس منٹ باقی تھے اور اس کو اپنے آپ پر غصہ آ گیا۔ آخر یہ کون سی تک تھی کہ اس نے سات بجے کا وقت دیا تھا۔ خواہ مخواہ ایک گھنٹہ اور انتظار کرنا ہے۔ اپنی بے چینی پر وہ یکا یک مسکرا اٹھی اور ایک مخمور سی انگڑائی لیتی ہوئی پلنگ پر لیٹ گئی۔ اس کا جوڑ جوڑ دکھنے لگا تھا۔ تکیے کو سینے پر رکھ کر اس نے زور سے دبایا اور گہری گہری سانسیں لینے لگی۔ سارے بدن میں اس کو جیسے دھیمی دھیمی سی آنچ لگنے لگی تھی۔ اتنی جلدی وہ یہ سب کچھ نہیں کرے گی۔ اس نے سوچا...... وہ بالکل نا تجربہ کار اور نادان ہے۔ اس کا جسم بند کلی کی طرح پاک اور بے داغ ہے۔ محبت کا تو وہ ابھی مطلب بھی نہیں سمجھتا۔ وہ اس کو محبت کرنا سکھائے گی۔ ایک نادان لڑکے سے مرد بنائے گی بھرپور مرد! اور لتیکا کو اپنے آپ پر بڑا فخر محسوس ہونے لگا۔ یہ سوچ کر اس کی خوشی کی انتہا نہ تھی کہ وہ پہلی عورت ہے جو اس کو محبت سے روشناس کرائے گی۔

اُس نے الماری سے بیئر کی بوتل نکالی اور ہلکی ہلکی چسکیاں لینے لگی۔ لیکن اس کی بے چینی اور بڑھ گئی۔ اس نے گلاس میز پر رکھ دیا اور پلنگ پر لیٹ گئی۔ اس کے جی میں آیا کہ وہ ایک بار پھر غسل خانے گھس جائے اور پانی کی ٹھنڈی ٹھنڈی دھار میں اپنے جلتے ہوئے جسم کو دونوں ہاتھوں سے زور زور سے ملے لیکن یکا یک کال بل بج اُٹھی۔ اس نے چونک کر گھڑی کی طرف دیکھا تو سات بج چکے تھے۔ اپنے عریاں جسم پر اس نے سلیپنگ گاؤن ڈالا اور دروازہ کھول دیا۔ وہ دروازہ پر پریشان اور گھبرایا سا کھڑا تھا۔

''اوہ! گاڈ...... کم ان ینگ بوائے!'' لتیکا رانی نے بے اختیار مسکراتے ہوئے کہا۔

لتیکا کو وہ ایسا سہا ہوا معصوم سا بچہ نظر آ رہا تھا جس کو یکا یک بھوت کہہ کر ڈرا دیا گیا ہو۔

وہ جیسے ہی اندر آیا لتیکا رانی نے دروازہ اندر سے بولٹ کر دیا اور مسکراتی ہوئی پلنگ پر بیٹھ گئی۔ اس کی مسکراہٹ میں یقین کا رنگ مستحکم ہو کر فتح اور غرور کی چمک میں تبدیل ہو گیا تھا۔

''بیٹھو کھڑے کیوں ہو... ؟'' لتیکا رانی نے کرسی کی طرف اشارہ کرتے ہوئے کہا۔

وہ فرماں بردار بچے کی طرح کرسی پر بیٹھ گیا۔ لتیکا رانی کرسی کو یک ٹک گھورنے لگی۔ وہ کرسی کے ہتھے پر انگلیوں سے آڑی ترچھی لکیریں کھینچ رہا تھا۔

''کیا سوچ رہے ہو......؟''

''جی ... ؟''

''کیا سوچ رہے ہو......؟''

''کچھ نہیں......''

''کچھ تو ضرور سوچ رہے ہو؟'' لتیکا رانی نے مسکراتے ہوئے کہا۔

وہ چپ رہا۔

''لاؤ تمہارا ہاتھ دیکھوں!'' وہ زیادہ صبر نہ کرسکی۔

اس نے چپ چاپ اپنا ہاتھ بڑھا دیا۔

''ادھر آجاؤ پلنگ پر۔ اچھی طرح دیکھ سکوں گی۔''

لمحہ بھر اُس نے توقف کیا اور پھر کرسی سے اُٹھ کر اس کے قریب ہی پلنگ پر بیٹھ گیا۔ وہ اس کے ہاتھ کی لکیریں دیکھنے لگی۔ کچھ دیر بعد لتیکا نے محسوس کیا کہ وہ آہستہ آہستہ اس کے قریب سرک رہا ہے۔ لتیکا نے کنکھیوں سے اس کی طرف دیکھا۔ اس کا بایاں ہاتھ لتیکا رانی کی کمر کے گرد بڑھ رہا تھا اور پھر لتیکا نے اپنی کمر پر اس کی انگلیوں کا لمس محسوس کیا۔ اس کو لڑکے کی اس بیبا کی پر سخت حیرت ہوئی۔ وہ اس سے تھوڑا ہٹ کر بیٹھ گئی جیسے اتنی جلدی اس کا بے تکلف ہوجانا اس کو پسند نہ آیا ہو۔ لتیکا نے محسوس کیا کہ وہ پھر اس کے قریب سرک رہا ہے۔ ایک دفعہ لتیکا کو پھر اپنی کمر پر اس کی انگلیوں کا دباؤ محسوس ہوا۔

''یہ لکیر کیا بتاتی ہے؟'' یکا یک لڑکے نے جھک کر ایک لکیر کی طرف اشارہ کیا اور اس طرح جھکنے میں اس کا چہرہ لتیکا کے چہرے کے قریب ہوگیا، یہاں تک کہ اس کے رخساروں کو لڑکے کی گرم گرم سانسیں چھونے لگیں اور لتیکا کو ایسا لگا جیسے وہ جان بوجھ کر اس کے اتنے قریب جھک گیا ہے۔ جیسے وہ اس کو چومنا چاہتا ہو۔ لتیکا رانی کھڑی ہوگئی اور کچھ ناگوار نظروں سے اس کی طرف دیکھنے لگی۔ نہ جانے کیوں اب لتیکا کو اس کے چہرے پر پہلے جیسی معصومیت اور سادہ پن نظر نہیں آرہا تھا۔ وہ اس کو اور لوگوں کی طرح ایسا ویسا لگ رہا تھا۔

''بیٹھیے نہ آپ اتنی نروس کیوں ہیں؟'' اُس نے مسکراتے ہوئے کہا۔

''نروس۔ بھلا میں کیوں نروس ہونے لگی؟'' لتیکا رانی نے بڑے طیش میں کہا اور اس کو ایسا لگا جیسے یہ وہ نہیں ہے جو وہ اب تک سمجھ رہی تھی بلکہ یہ تو انتہائی فحش اور گندا انسان ہے۔ یہ کوئی سولہ سترہ سالہ معصوم نادان لڑکا نہیں ہے بلکہ ایک خطرناک مرد ہے۔ بھرپور مرد۔ اس کا جسم کسی بند کلی کی طرح پاک اور بے داغ نہیں ہے بلکہ گندگی میں پلا ہوا کوئی زہریلا کانٹا ہے جو اس کے سارے وجود کو لہولہان کر دے گا۔

اور دوسرے لمحے جیسے لتیکا رانی کا سارا وجود لہولہان ہو گیا۔ پل بھر کے لیے اس پر سکتہ طاری ہو گیا۔ لتیکا کو محسوس ہوا جیسے وہ اس کو ایک دم فاحشہ اور بازاری عورت سمجھتا ہے۔ جیسے اس کی کوئی قدر و قیمت نہیں ہے۔ جو جب چاہے جس طرح چاہے استعمال کرے۔ اور لتیکا کا دل اس کے لیے نفرت سے بھر گیا۔ وہ تڑپ کر اس کے بازوؤں سے نکل گئی اور اپنے ہونٹوں کو انگلیوں سے پونچھتے ہوئے اس نے چیخ کر کہا۔

''یو باسٹرڈ...... وہاٹ فور یو ہیو کم ہیر؟''

اس نے حیرت سے لتیکا کی طرف دیکھا۔

''گٹ آؤٹ یو سواین......'' وہ چیخی۔

دروازے کے قریب پہنچ کر لڑکے نے ایک بار مڑ کر لتیکا کی طرف دیکھا اور پھر کمرے سے نکل گیا۔

لتیکا پلنگ پر گر کر ہانپنے لگی۔ کچھ دیر بعد وہ یکا یک اٹھی، سلیپنگ گاؤن اتار پھینکا اور غسل خانے میں گھس گئی۔ شاور کھول کر وہ اکڑوں بیٹھ گئی۔ ٹھنڈے پانی کی دھار اس کی ریڑھ کی ہڈیوں میں گدگدی سی پیدا کرنے لگی اور وہ زور زور سے اپنا سارا بدن ہاتھوں سے ملنے لگی۔

گرتے ہوئے پانی کے مدھم شور میں لتیکا رانی کی گھٹی گھٹی سی چیخیں بھی شامل ہو گئی تھیں۔

☆☆☆

فرار

— عبدالصمد

وہ کوئی عجوبہ روزگار نہیں تھا۔

ایک بالکل عام سا آدمی ...... جب کسی آدمی کی تعریف کی جاتی ہے تو اسے طرح طرح کے کپڑے پہنا دیے جاتے ہیں اور قسم قسم کے میک اپ سے اس کا حلیہ یوں بگاڑ دیا جاتا ہے کہ وہ پہچان میں نہیں آتا۔ زور تقریر اور زور قلم سے ایسا کر کے خوش ہونے والی کوئی بات نہیں، کیوں کہ اصل آدمی تو کہیں چھپ جاتا ہے۔

جس آدمی کے بارے میں بات ہو رہی ہے وہ لباس کی خوش رنگیوں اور میک اپ کے حشر سامانیوں میں ہرگز گم نہیں ہوا۔ وہ جیسا بھی ہے، ہمارے آپ کے سامنے ہے، تھوڑی سی کوشش کی جائے تو اسے کہیں بھی دیکھا جا سکتا ہے۔ کسی بھی محلے کے ایک بیحد معمولی اور خستہ حال مکان میں، کسی بھی سرکاری، غیر سرکاری دفتر کے کونے میں اپنی فائل پر سر جھکائے ہوئے، کسی بھی سڑک یا گلی میں سب کے ساتھ چلتے ہوئے، پھر بھی سب سے الگ تھلگ، زمانے کی تیز رفتاری میں سب سے پچھلی صف میں دوڑنے کی کوشش میں مصروف ...... کسی بھی تیز وطرار اور دبنگ آدمی سے دبتا ہوا، کہیں بھی آگے بڑھ کر مینا اٹھانے کی کوششوں میں ناکام، کسی بھی نقار خانے میں طوطی کی آواز، کسی بھی عبادت گاہ میں صف کی آخری جگہ ملنے پر مطمئن ...... یوں مثالیں تو بہت ہیں، لیکن جب آپ دو چار مثالوں میں اسے نہیں پہچان سکے تو اتنی ساری تقریروں اور تحریروں کے بعد بھی اسے نہیں پہچان سکیں گے، ویسے وہ ہمیشہ آپ کے سامنے ہی رہتا ہے بس سامنے کے دو چار آدمیوں کو ہٹا دیجئے وہ نظر آ جائے گا، کسی بھی محفل میں، کسی بھی نکڑ پر......

تو یوں ہوا کہ میری نظروں کے سامنے ایسا ہی ایک آدمی غیر معمولی تیزی کے ساتھ نکلا اور بھیڑ میں گم ہو گیا، ایک ہی پل میں مجھے ایسا لگا کہ وہ ہماری آپ کی طرح ایک عام آدمی لیکن وہ سب کی نظروں سے بچنے کی کوشش کیوں کر رہا ہے......؟

کوئی خاص بات ہے کیا.....؟

تجسس نے مجھے آگھیرا اور میں سب کام چھوڑ چھاڑ کر بھیڑ میں گھس گیا اور اس کا پیچھا کرنے کی کوشش کرنے لگا۔ بھیڑ میں چلنا کتنا مشکل ہے اور دوڑنا تو بالکل ناممکن۔ اصل میں بھیڑ میں کوئی چھوٹا بڑا تو ہوتا نہیں، سب ایک جیسے ہوتے ہیں۔ ایسے میں کسی ایک کا بازی مارلے جانا ممکن نہیں۔ میں نے کوشش تو بہت کی کہ کسی طرح اس کے قریب پہنچ جاؤں لیکن ناکام رہا، البتہ اس پر نظر رکھنے کا پورا جتن کیا، وہ بس دو چار دس آدمیوں کے آگے چلا جارہا تھا اور اس کے جسم کا کوئی نہ کوئی حصہ ہر وقت میری نگاہوں کی گرفت میں تھا۔ جیسے ہی بھیڑ ختم ہوئی، وہ ایک شاپنگ کمپلکس میں گھس گیا۔

''یہ پھٹیچر وہاں کیا کرنے گیا ہے......؟''

میں بدبدایا، لیکن پیچھا تو کرنا ہی تھا۔

وہ شاپنگ کمپلکس ایک بھول بھلیاں قسم کی چیز تھی، درجنوں پیچ دار سیڑھیاں، بے شمار دالان اور منزلیں اور سیکڑوں قد آدم مجسمے۔

سیڑھیاں چڑھتے اترتے، منزلوں اور دالانوں کو پھلانگتے اور مجسموں کو تاکتے تاکتے ہی بے حال ہوگیا۔ اس پر کہیں نگاہیں تو نہیں پڑیں، بس اس کا ایک سایہ سا لہراتا ہوا مجھے اپنے آس پاس محسوس ہوتا رہا جس نے سب سے بے خبر مجھے اپنی دھن میں مشغول رکھا۔ مجھے اس کی بھی پروا نہیں تھی کہ کاؤنٹر کے اس پار یا اس پار کھڑے لوگ مجھے کن نگاہوں سے دیکھ رہے ہیں۔ اسے بھی دیکھ رہے ہوں گے لیکن وہ تو سب کی پروا کئے بغیر آخر بھاگ ہی رہا ہے۔ معاً ایک خیال میرے ذہن میں آیا۔

کہیں ایسا تو نہیں کہ اسے مجھ پر شک ہوگیا ہو اور وہ مجھ سے بھاگ رہا ہو......

لیکن......اسے کس طرح خبر ہوسکتی ہے بھلا......؟

اس کا میرا کبھی آمنا سامنا تو ہوا نہیں، وہ مجھے پہچانتا نہیں۔ اس کے اور میرے درمیان جو فاصلہ قائم ہوا تھا، وہ ابھی تک برقرار ہے تو پھر......؟

یوں تو نہیں کہ وہ کسی اور سے بھاگ رہا ہو اور میں انجانے میں ایک درمیانی آدمی کے طور پر پھنس گیا ہوں......

یعنی میں بھی کسی کی نظروں میں ہوں اور اس کے ساتھ ساتھ میرا بھی پیچھا ہو رہا ہے۔ اس احساس نے میرے اندر کچھ عجیب کیفیتیں پیدا کر دیں۔

میں بیحد چوکنا ہو گیا، سر سے پیر تک خوف کی ایک تیز لہر میرے اندر دوڑ گئی، کسی نے اگر اس کو اپنا نشانہ بنایا تو میں اس کی زد میں نہ آجاؤں......؟ یہ اچھا ہی تھا کہ اب تک اس سے میرا ایک باوقار فاصلہ بنا ہوا تھا۔ شعوری طور پر میں نے اس سے دور رہنے کی کوشش کی تھی لیکن لاشعوری طور پر میں خود اس سے دور رہ گیا تھا اور اب یہی چیز اس وقت میری تشفی کا باعث تھی۔

شاپنگ کمپلکس کا چکر لگاتے لگاتے میں ہانپنے لگا۔ عجیب آدمی ہے، پتہ نہیں کہاں غائب ہو گیا۔

باہر آکر میں رومال سے اپنا پسینہ پونچھنے لگا اور شاید میں اس فضول کام سے باز ہی آجاتا کہ اچانک وہ مجھے نظر آ گیا۔

سب کی نظروں سے بچتا بچاتا محتاط نظروں سے چاروں طرف دیکھتے ہوئے چوکنے قدم رکھتا ہوا وہ تیزی سے بھاگا جا رہا تھا۔ اس نے اپنے دونوں ہاتھوں میں پوٹلی جیسی کوئی چیز چھپا رکھی تھی اور ایسا لگ رہا تھا کہ اس چیز کی حفاظت میں اس نے اپنے سارے جسم کو مامور کر رکھا ہے۔

اوہ... اس کا مطلب ہے...... اس کے پاس ضرور کوئی قیمتی...... بہت قیمتی چیز ہے۔

تب تو اس کا پیچھا کرنا اور بھی ضروری ہے۔ پتہ نہیں اس کے پاس کون سی ایسی چیز ہے جسے وہ دنیا کی نظروں سے چھپانا چاہتا ہے۔

میں اپنی تھکاوٹ اور پریشانی کو یکسر بھلا کر اس کے پیچھے لگ گیا۔ اس دفعہ وہ صاف میری نظروں کے سامنے تھا، بھیڑ اور بازار اب درمیانی رکاوٹ نہیں رہے تھے، یعنی میں نے جب اتنی محنت کی تھی تو اس کا کچھ سیر حاصل نتیجہ سامنے دکھائی دے رہا تھا۔

لیکن وہ بھی ایک چھلاوہ ہی تھا یا شاید اسے میرے مصمم ارادے کا علم ہو گیا تھا۔ اس نے کوشش بہت کی کہ پھر کسی چیز کا سہارا لے کر میری نظروں سے چھپ جائے، پر اس دفعہ میں نے بھی کچھ زیادہ ہی ہوشیاری برتی اور راہ چلتے مسافروں کے بے شمار سروں، کاندھوں، مونڈھوں اور ان کے وجود کے سارے اعضا کو کمال ہوشیاری سے ہٹاتے ہوئے اپنے مقصد پر گامزن رہا، وہ مجھے دیر تک ٹیڑھے میڑھے راستوں پر خوب جھکائیاں دیتا رہا اور آخر کار وہی ہوا جس کا مجھے ڈر تھا۔

وہ ایک بہت بڑی عمارت میں گھس گیا۔

اس کے پیچھے بھاگتے ہوئے اچانک جو میری نگاہیں عمارت پر پڑیں تو پتہ چلا کہ وہ ایک عبادت گاہ ہے۔

''اچھا تو اب مذہب......''

میرے منہ سے بے ساختہ نکلا اور میں بھی عبادت گاہ میں داخل ہو گیا۔ شکل وصورت، چال ڈھال اور لباس وغیرہ سے میں ایسا نہیں تھا کہ مجھے وہاں داخل نہ ہونے دیا جائے، کم سے کم اس سے تو یقینی بہتر ...... وہ تو چال ڈھال سے ہی عجیب لگتا تھا۔ اگرچہ واضح طور پر میں نے اس کی شکل نہیں دیکھی تھی لیکن دور سے دیکھنے پر اس کے بارے میں، میں نے جو اندازہ لگایا تھا وہ بہت خوش گوار نہیں تھا، پھر وہ کچھ چھپائے ہوئے بھی تھا، ایسی صورت میں اگر خدا نے مجھے اپنا دربان مقرر کر رکھا ہوتا تو میں ہرگز اسے خدا کے حضور میں جانے نہیں دیتا۔

اندر جا کر پتہ نہیں وہ کون سی عبادت میں مشغول ہو گیا۔ میرے لیے ایک مشکل یہ آپڑی کہ وہ جس عقیدے کے مطابق عبادت کر رہا تھا، میں اس کا پیروکار نہیں تھا۔ وہ جس طریقے سے اپنے خدا کے حضور میں موجود تھا، وہ طریقہ میرے لیے جائز نہیں تھا۔ اگر میں اس کی نقل کرنے بیٹھ جاؤں تو پتہ نہیں کب اس کی عبادت ختم ہو اور کب وہ وہاں سے بھاگ نکلے۔ مجھے تو یہ بھی پتہ نہیں کہ اس عبادت کا خاتمہ کیسے ہوگا ...... میں تو صرف نقل ہی کر رہا ہوتا تا...... میرے لیے بہتر یہی تھا کہ میں چپ چاپ باہر نکل کر اس کا انتظار کروں، عبادت گاہ میں لوگوں نے ابھی تک مجھے بغور نہیں دیکھا تھا اور قرینہ اغلب تھا کہ اگر کسی کی نگاہیں مجھ پر کچھ دیر تک ٹھہر گئیں تو شاید میں مشکوک قرار دیا جاؤں......

......اسی کی طرح ......

میں خاموشی سے باہر آ کر کیاریوں میں لگے خوبصورت اور خوشنما پھولوں کو دیکھنے لگا۔ ان میں بعض ایسے تھے کہ میری نگاہیں بھی اس سے پہلے ان پر نہیں پڑی تھیں، یقینی طور پر انہیں بہت جتن سے حاصل کیا گیا ہوگا۔ ایسے نایاب اور نادر نمونے عام طور پر دیکھنے کو نہیں ملتے۔ میں شاید ان کے حسن اور خوشبو میں کھو ہی جاتا کہ باہر جاتے ہوئے اسے دیکھ کر جیسے میں

خواب سے بیدار ہو گیا، اس دفعہ تو اس کا چہرہ بھی دیکھ لیا......کوئی خاص بات نہیں، شاید سو میں چالیس چہرے ایسے ہی ہوتے ہوں گے جن پر روز ہی ہماری نگاہیں پڑتی ہیں۔

وہ کسی چیز کو چھپانے کی صاف کوشش کر رہا تھا۔ مجھے تعجب بھی ہوا، وہ کہاں کہاں سے گزرا، اس مشکوک حالت میں اسے ہزاروں نے دیکھا ہوگا لیکن کسی نے بھی اسے نہیں ٹوکا ؟ ایک میں ہی بے وقوف رہ گیا جو اپنی ساری مصروفیات، سارا کام کاج، ساری دلچسپیاں چھوڑ کر اس کے پیچھے لگ گیا......؟ اس سے مجھے فائدہ کیا ہوگا......؟

میری رفتار دھیمی پڑ گئی......

اچانک مجھے خیال آیا کہ آخر میں کس پر بوکھلا رہا ہوں، مجھے اس کا پیچھا کرنے پر کسی نے مامور تو نہیں کیا، میری تو اس سلسلے میں کسی سے بات چیت بھی نہیں ہوئی۔ یہ تو میں خود ہوں جس نے مجھے ایسا کرنے پر اکسایا، یعنی یہ ایک خالص ذاتی معاملہ ہے جس میں کسی کا کوئی دخل نہیں ......اگر کسی کے کانوں میں میری حرکتوں کی اطلاع پہنچے تو پتہ نہیں میرے بارے میں کیا رائے قائم کرے۔

اور پھر کیا پتہ کہ کتنے لوگوں کو میں نے اپنی طرح اس کا پیچھا کرنے کو اکسایا ہوگا، کتنے لوگ اس کے پیچھے لگے بھی ہوں گے، آخر میرے آس پاس یا اس کے آس پاس چلنے پھرنے والوں کی کمی تو ہے نہیں، میری طرح جو ہوگا، اس کا بھی یہ ذاتی معاملہ ہوگا، اب کوئی مجھ سے اپنے اندر کی بات تو کہے گا نہیں، میری طرح نہ جانے کتنے لوگ اس کا راز جاننے کو بے چین ہوں گے۔ وہ کوئی سنسان جنگل یا ویران پہاڑ سے تو گزر نہیں رہا، بھری پری بارونق دنیا اس نے چنی ہے اور اس طرح وہ سب کی نظروں سے چھپنے کی گویا کوشش کر رہا ہے۔

کتنا بے وقوف ہے وہ......

اس دفعہ اس نے سیدھی راہ نہیں چنی، یعنی سیدھی ناک پر نہیں چل کر ٹیڑھے میڑھے انداز میں چلنے کی کوشش کرتا رہا۔ ٹریفک کے کسی ضابطے کی پروا کیے بغیر وہ کبھی دائیں ہو جاتا کبھی بائیں، اس سے مجھے خاصی تکلیف ہوئی لیکن پھر میں نے طے کیا کہ بھلے ہی وہ اپنے آپ جلیبی بنا تا رہے، میں ہرگز اس کے نقش قدم پر نہیں چلوں گا۔ میں تو اس کا پیچھا کر رہا ہوں نا، اس طرح اپنے آپ کو تھکا کے وہ میرا کچھ نہیں بگاڑ سکتا اور میں بڑے آرام سے سیدھا چل کر بھی

اس پہ اچھی طرح نظر رکھ سکتا ہوں۔ تھوڑی ہی دیر کے بعد یہ ظاہر ہوا کہ اس کے تیز ھے اور میرے سید ھے چلنے کے باوجود اس کے اور میرے درمیان جو فاصلہ تھا، کم و بیش وہ برقرار رہا۔ میری خواہش بھی تھی کہ یہ فاصلہ برقرار رہے کیونکہ اسی طریقے سے میں اپنے آپ کو محفوظ محسوس کر سکتا تھا۔ آخر یوں سڑکوں اور بازاروں میں چلتے ہوئے تو میں اس کے راز کو پا نہیں سکتا، اس کے لیے ہم دونوں کو تنہائی کی ضرورت ہوگی جو کسی سنسان جگہ پر ہی نصیب ہو سکتی تھی—

اگر اس کے پاس کوئی خطرناک چیز ہوئی تو......؟

میرے ذہن میں ایک کوندا سا لپکا اور میں نے اپنے پورے جسم میں ایک لہر سی محسوس کی۔ کہیں یہ خوف تو نہیں......؟

اس طرف تو میرا دھیان ہی نہیں گیا تھا۔

ہو سکتا ہے وہ کوئی غیر ملکی ایجنٹ ہو...... ملک دشمن کارروائیوں میں ملوث کسی تنظیم کا کوئی فرد...... یا...... پھر......

کروڑوں کے اس دیش میں کون کس بھیس میں چھپا ہوا ہے کیا معلوم......؟ اگر میری سوچ صحیح راستے پر چل پڑی ہے تو وہ یقیناً کسی ایسی جگہ کی تلاش میں ہے جہاں وہ بہت آسانی کے ساتھ اپنے خطرناک ارادوں کو عملی جامہ پہنا سکے......

ہو سکتا ہے وہ کوئی ایسی جگہ ڈھونڈ رہا ہو جہاں وہ اس چیز کو رکھ سکے جسے وہ چھپائے پھر رہا ہے... خطرناک چیز کو......

اس کا مطلب ہے میں ایک بہت ہی خطرناک آدمی کے پیچھے بھاگ رہا ہوں۔

اس کا مطلب ہے، میں اپنی موت......

مشقت کی اس کیفیت میں بھی مجھے پسینہ آگیا۔ فوری طور پر میں فیصلہ نہیں کر سکا کہ اپنے ارادے سے باز آجاؤں یا...... اس سلسلے میں سوچنے یا غور کرنے کی فرصت کہاں، وہ تو مستقل بھاگا جا رہا تھا۔ اگر ایک آدھ منٹ کے لیے وہ رک جاتا تو شاید مجھے سوچ بچار کا کوئی موقع مل جاتا۔

لیکن اتنا قیمتی وقت جو میں نے ضائع کیا تھا، اسے کس کھاتے میں ڈالتا......؟

اتنے میں وہ شخص تیزی کے ساتھ ایک بہت بڑی عمارت میں گھس گیا۔ میرے قدم چلتے چلتے اچانک رک گئے...... عمارت پر میری نگاہ پڑ گئی تھی اور میں حیران رہ گیا تھا۔ اس شخص کی دلیری دیکھنے سے تعلق رکھتی تھی۔

وہ عمارت ایوانِ قانون ساز تھی......!

اب تو جذبۂ وطنی کے تحت بھی میرا جانا ضروری ٹھہرا۔ ایوانِ قانون ساز کی حفاظت میری اکیلی جان سے بہت بڑھ کر تھی۔ میں نے اپنی رفتار تیز کی اور اس پر کڑی نظریں رکھنے کو پوری طرح مستعد ہوگیا۔

میں پہلے کبھی ایوانِ قانون ساز میں داخل نہیں ہوا تھا۔ سن رکھا تھا کہ وہاں داخلے کے قانون سخت ہیں لیکن شاید اس کا اجلاس نہیں چل رہا تھا اس لیے سختی نہیں تھی۔ لیکن ایوانِ قانون ساز، ایوانِ قانون ساز ہوتا ہے اور یہ شخص پتہ نہیں کس ارادے سے وہاں گیا ہے۔

وہ بھی ایک عجیب بارہ دری تھی، بے شمار گلیارے، لاتعداد کوریڈور، ان گنت دالان اور کمرے...... میں تو بالکل چکرا کر رہ گیا۔ چونکہ میں ایک شخص کا پیچھا کر رہا تھا اس لیے ایک طرح سے وہ شخص وہاں میری رہنمائی کر رہا تھا۔ میں ایک گلیارے سے نکلتا تو کسی دوسرے کوریڈور میں جانکلتا، ایک دالان پھلانگتا تو اپنے آپ کو کسی دوسرے کمرے میں موجود پاتا۔ گویا میں آنکھیں بند کر کے اس کے پیچھے بھاگ رہا تھا۔ اگر مقصد میرے سامنے نہ ہوتا تو شاید میں اپنے آپ کو ان بھول بھلیوں میں گم کر دیتا۔

کافی دیر تھکنے اور تھکانے کے بعد وہ وہاں سے بھی باہر نکل آیا اور پھر بھری پری سڑک تھی اور ہم...... عجیب آدمی ہے... اس کا تو کوئی اور چھور سمجھ ہی میں نہیں آتا، کوئی مقصد، کوئی منزل بھی اس کی ہے یا نہیں...... آخر وہ کون سی ایسی چیز لے کر بھاگ رہا ہے کہ اسے دم مارنے کی بھی فرصت نہیں۔ ہوسکتا ہے اس کے پاس کوئی خطرناک چیز نہیں ہو، ورنہ اب تک وہ اسے کہیں نہ کہیں ضرور پٹک دیتا۔ وہ تو ایسی جگہوں پر گھوم آیا کہ چاہتا تو دنیا کو تہ و بالا کر سکتا تھا پر اس نے نہیں کیا۔ اس کا مطلب ہے اس کے پاس کچھ بھی نہیں...... وہ ہم کو، آپ کو، اپنے آپ کو، دنیا بھر کو دھوکہ دے رہا ہے......

میری رفتار کچھ دھیمی ہوگئی......

وہ کسی کو کیوں دھوکہ دے گا، اس نے کسی سے یہ تو نہیں کہا کہ اس کے پاس کچھ ہے...... وہ تو صرف میں تھا کہ اپنے آپ کو اس کے پیچھے یوں تھکا دیا اور میں اس کے لیے کسی کو جواب دہ بھی نہیں ہوں......

رفتار دھیمی کرنے اور اتنا کچھ سوچنے سے بات تو کچھ بنی نہیں، ارادہ ملتوی کرنے کا مطلب صاف ہے کہ میں پھر صفر پر پہنچ جاؤں ...... پھر کس بات کا انتظار اور کہاں کا سفر اور کس سمت میں ؟

نہیں مجھے ہر حال میں اپنا حل چاہئے ...... خود اپنا

اب بھی کچھ بگڑا نہیں تھا۔ وہ مجھ سے کچھ دور ضرور نکل گیا تھا، اس کے اور میرے درمیان دو چار آدمی بھی آ گئے تھے، پھر بھی وہ میری نگاہوں میں تھا۔ اگر میں مصلحت کو بالائے طاق رکھ کر اپنی چال کو ایک خاص رفتار پر نہیں ڈال دیتا تو اسے پکڑ بھی سکتا تھا لیکن نہیں......

شاید بہتر یہی تھا کہ میں اس کے پیچھے وہاں تک جاؤں جہاں تک وہ جا سکتا ہے۔ کہیں نہ کہیں تو میری اس کی مڈبھیڑ ہوگی اور یقینی وہ جگہ اس بات کے لیے مناسب ترین ہوگی کہ میں

چلتے چلتے

چلتے چلتے......

اس نے مجھے ان تمام جہانوں کی سیر کرادی جو آنکھوں کے سامنے ہوتے ہوئے بھی نظروں سے اوجھل تھے، لیکن وہ جس جگہ بھی جاتا، بے نیل و مرام نکل آتا۔ جب اسے کچھ لینا دینا نہیں تھا تو پھر وہاں جاتا ہی کیوں تھا۔ وہ چاہتا تو ان جگہوں میں مجھ سے چھپ بھی سکتا تھا لیکن وہ مجھ سے بھاگ کہاں رہا تھا......؟

وہ تو مستقل میری آنکھوں کے سامنے دندناتا ہی پھر رہا تھا، اگر وہ واقعی مجھ سے چھپنے کی کوشش کرتا تو شاید مجھے خوشی ہی ہوتی یعنی یہ کہ اسے پیچھا کرنے کی خبر ہوگئی ہے تب ہی تو دوسرے یہ کہ مجھے بھی اس تگ و دو سے باز آ جانے کا ایک بہانہ ہاتھ آ جاتا لیکن وہ تو جیسے مجھے بالکل نظر انداز ہی کر رہا تھا، اپنی دھن میں جیسے مگن تھا وہ...... دھن میں تو میں بھی مگن تھا اور یہ ممکن نہیں رہا تھا کہ اتنی محنت اور وقت کی بربادی کے بعد میں اپنا مقصد پورا کیے بغیر بھاگ جاؤں۔ اب تو جو ہو سو ہو، وہ جہاں جائے، پاتال میں بھی چلا جائے تو مجھے پیچھے نہیں ہٹنا......

عمارتیں ختم ہوئیں، ایوان پیچھے رہ گئے، مکانات کا سلسلہ ختم ہوا، بازار در بازار پیچھے کھڑے رہ گئے، سڑکیں ختم ہوئیں اور......

وہ تو کوئی باقاعدہ چلنے والا راستہ ہی نہیں تھا، قدموں سے روند کر زبردستی راستہ بنا تھا، خصوصیت بس یہ تھی کہ وہ ایک ویرانہ تھا، دور دور تک بس اکا دکا آدمی دکھائی دے جاتے، وہ مجھ سے صرف چند قدموں کے فاصلے پر تھا اور اب ہمارے درمیان کوئی چیز حائل نہیں تھی۔ اس کے ساتھ ساتھ میں نے اپنے کمال کا بھی اعتراف کیا کہ ہم نے شروع سے اپنے درمیان جو فاصلہ قائم کیا تھا، وہ کم و بیش ابھی تک برقرار تھا۔

میں نے اسے غور سے دیکھنے کی کوشش کی۔

بہت مختلف نہیں تھا اس سے جواب تک میری نگاہوں اور میرے تصور میں رہا تھا۔ ایک بے حد عام اور بدحواس آدمی ......

"اے صاحب سنئے تو ......"

میں نے اسے آواز دی، وہ چونک کر ایک لمحہ کے لیے جیسے ٹھٹک گیا، پھر اپنی رفتار تیز کر دی۔

"اے بھائی ......"

میں نے بھی اپنی رفتار تیز کرتے ہوئے اسے پھر پکارا۔ اس کی بدحواسی بڑھ گئی اور وہ دوڑنے لگا۔ ناہموار راستے پر دوڑنا ...... اسے ٹھوکر لگی اور وہ گر پڑا، میں دوڑ کر اس کے پاس پہنچا اور سہارا دے کر اسے اٹھایا۔ ٹھوکر کھانے سے اس کی پوٹلی دور جا گری تھی، میں نے جلدی سے اسے اٹھا لیا ......

کچھ نہیں، بس ایک بوسیدہ لیکن بے داغ سفید کپڑا ......

ململ کو جیسے کانٹے دار جھاڑی پر پھیلا کر کھینچ لیا جائے ...... جگہ جگہ بہت ہی بے دردی سے نچا ہوا ......

میں نے حیرانی سے اس کی طرف دیکھا، وہ تھر تھر کانپ رہا تھا۔

میں بغور اسے دیکھتا رہا۔

☆ ☆ ☆

سدھیشور بابو حاضر ہو جائیں

— حسین الحق

سردیوں کے موسم میں تو شام ذرا پہلے کیا بہت پہلے ہو جایا کرتی ہے، تو شام ہو چکی تھی مگر مجمع ابھی کم نہیں ہوا تھا۔ یہ مجمع اپنی خوشی سے نہیں لگا تھا۔

اب الیکشن پروسیس جتنا مشکل ہو چکا ہے اس میں اپنی خوشی سے کون الیکشن ڈیوٹی کرنا چاہتا ہے۔ مگر جب سپریم کورٹ نے کالج اور یونی ورسٹی کے اساتذہ کو بھی الیکشن ڈیوٹی میں لگانے کا حکم جاری کر دیا تو کلکٹریٹ والوں کو ایک بہانہ مل گیا۔

''اب دیکھیں گے سالے پروفیسر لوگ کیسے بچتے ہیں۔'' پروفیسر نول کشور کسی کام سے کلکٹریٹ گئے تھے، وہاں ایک ٹیبل پر ایک کرانی کو بولتے سنا۔

''ہاں۔ سب کے سب اپنے کو کمشنر کے برابر ہی سمجھنے لگے تھے۔'' اس کرانی کے تبصرے پر دوسرے نے گرہ لگائی۔

''اب ساری ہیکڑی بھلادی جائے گی۔'' ایک کونے سے تیسرا تبصرہ۔

نول کشور نے انجمن اساتذہ کے سکریٹری کو پکڑا، سکریٹری رجسٹرار سے ملا تو رجسٹرار نے جو حکومت کا ایک ریٹائرڈ ملازم تھا، بہت غرّا کر کہا: ''آپ کیسی بات کر رہے ہیں؟ سپریم کورٹ کے حکم نامے کے ساتھ لیٹر آیا ہے۔ لسٹ کیسے نہیں بھیجی جائے گی؟'' اور دوسرے دن سے آفس کا ایک کلرک لسٹ بنانے کے کام میں جٹ گیا۔

پروفیسروں کی آپس کی گفتگو میں بڑی بے چینی کا اظہار ہوا، اور طرح طرح کا ردعمل سامنے آیا۔ ایک مسلمان پروفیسر بھارتیہ جنتا پارٹی کا ممبر بن گیا اور بھارتیہ جنتا پارٹی کے لیٹر پیڈ پر اپنے سیاسی تعلق کی اطلاع ڈی ایم کو بھجوادی اور مطمئن ہو کے بیٹھا کہ اب اسے کون

چھونے والا ہے۔ دوسرے نے ایک لمبا چوڑا خط ڈی ایم کے نام لکھا اور پارٹی جوائن کرنے کی جو آزادی کالج ٹیچرس کو ملی ہوئی ہے، اس کے حوالے سے یہ نکتہ پیدا کیا کہ چونکہ اساتذہ عام طور پر کسی نہ کسی سیاسی گروپ کی ہمدرد یا اس سے متعلق ہوتے ہیں، اس لیے ان سے الیکشن پروسیس میں غیر جانب داری کی امید ہی نہیں کی جاسکتی۔ ایک اور صاحب نے اپنا ECG، پیشاب جانچ کی رپورٹ (جس میں یرقان کی نشان دہی کی گئی تھی) الٹرا ساؤنڈ (جس میں جگر بڑھنے کی بات کہی گئی تھی) سارا لیکھا جوکھا جمع کیا اور مطمئن ہو بیٹھے کہ اس بنیاد پر بچ جائیں گے۔ ایک صاحب نے بھاگ دوڑ کر نگاہ کی کمزوری اور بہرے پن کی سرٹی فیکیٹ حاصل کر لی۔

اس عام بے چینی اور گھبراہٹ کے درمیان اسکول ٹیچرس اور نن گزیٹیڈ امپلائز کی اسٹرائک ٹوٹ گئی تو ہوا کے ریلے کی طرح ایک بات چاروں طرف یہ گشت کرنے لگی کہ اب کالج والوں کی کوئی ضرورت نہیں ہوگی، کیونکہ حکومت کے اپنے کارندے تو کام پر لوٹ ہی آئے۔

دوستوں نے ایک دوسرے کو خوش خبری سنائی اور گھر پر سبھی نے بال بچوں کو اطمینان دلایا۔ بات آئی گئی ہوگئی کہ پھر ایک دن جیسے بھونچال آگیا۔ یونی ورسٹی اور کالج میں ہر جگہ بس ایک ہی بات موضوع بحث تھی: ''لیٹر آگیا۔'' کسی کو بھی تفصیل بتانے کی ضرورت نہیں تھی، ہر ٹیچر اپنے کلیگ سے بس اتنا ہی کہتا: ''تم نے سنا؟ لیٹر آگیا۔'' اور وہ حیران ہو کر پہلا سوال یہی کرتا: ''یہ کیسے ہوگیا؟''

چاروں طرف اسکوٹر اور رکشے دوڑنے لگے۔ سنگھ کے سکریٹری اور پریسیڈنٹ کو پھر پکڑا گیا: ''کیا کیا آپ لوگوں نے؟ لیٹر کیسے آگیا؟'' سکریٹری پریسیڈنٹ کیا جواب دیتا، وہ آفس کی طرف دوڑے اور وہاں سے یہ خبر لے کر آئے کہ صرف پروفیسر ہی نہیں آفیسرس کو بھی ڈیوٹی دے دی گئی ہے۔ یہاں تک کہ رجسٹرار کو بھی اب الیکشن ڈیوٹی پر جانا ہے۔

ویسے اب رجسٹرار کی سمجھ میں بھی آچکا تھا کہ یہ غلط ہوگیا کیوں کہ پروفیسرس، ریڈرس اور لکچررس کے ڈیوٹی پر جانے سے صرف پڑھائی کا نقصان ہونے والا تھا مگر آفیسروں کی

یکشن ڈیوٹی تو یونی ورسٹی ہی بند کرادے گی اور ویسے بھی رجسٹرار حکومت کا گزیٹیڈ آفیسر ہوتا ہے اس کی پروفیسر سے کیا برابری۔ اس لیے ایک دروازے سے اگر سنگھ کے پریسیڈنٹ اور سیکریٹری کلکٹریٹ میں داخل ہوئے تو دوسرے دروازے سے رجسٹرار صاحب بھی داخل ہوتے نظر آئے اور پھر تینوں نے ایک اسٹریجی کے تحت مشترکہ طور پر درخواست کی کہ کم از کم آفیسرس، ڈپارٹمنٹل ہیڈس اور یونی ورسٹی پروفیسرس کو Exempt کردیا جائے۔ ڈی ایم نے یہ بات مان لی۔ سنگھ کا سکریٹری وہاں سے بہت خوش خوش لوٹا اور کریڈٹ لینے کے لیے ڈی ایم کے ساتھ ہونے والی ساری گفتگو پریس کے حوالے کردی۔ دوسرے دن اخبارات میں خبر آئی کہ: ''ڈی ایم صاحب آفیسرس، ہیڈس اور پروفیسرس کو الیکشن ڈیوٹی سے بری کرنے پر راضی ہو گئے۔'' اخبار کا بازار میں آنا تھا کہ اک آگ سی لگ گئی۔ سارے ریڈرس اور لکچررس سر جوڑ کر بیٹھے اور ایک اسٹریجی کے تحت ڈی ایم کے پاس گئے اور اس بات پر کافی غم وغصہ کا اظہار کیا۔ ان کا کہنا تھا کہ پروفیسرس میں کیا سرخاب کا پر لگا ہے اور ریڈرس لکچررس بالکل کوڑا کرکٹ ہیں کہ یہ جان دینے کے لیے بھیجے جائیں گے اور پروفیسر کو چھوڑ دیا جائے گا۔ کلکٹر صاحب تو ویسے ہی الیکشن کے ہنگاموں کے سبب بدحواس ہورہے تھے، اس پر انہوں نے جو یہ ہنگامہ دیکھا تو وقتی طور پر اور نروس ہو گئے مگر چند لمحوں بعد ہی اپنی کلکٹری کے خول میں واپس آگئے اور ڈپٹ کر بولے: ''جھوٹی خبر ہے۔ میں نے کسی کو Exempt نہیں کیا ہے۔'' ریڈرس اور لکچررس وہاں سے خوش خوش لوٹے، راستے میں ایک لکچرر نے ہنستے ہوئے کہا: ''سالے بڈھے ہم لوگوں کو پھنسانا چاہ رہے تھے۔ اب پتہ چلے گا۔'' اور واقعی وہی ہوا۔ کلکٹریٹ کے ایک ڈپٹی کلکٹر نے رجسٹرار کو فون کرکے بتایا کہ کلکٹر صاحب کسی کو چھوڑنے کے لیے تیار نہیں ہیں۔ ڈپٹی کلکٹر کے اس فون پر یونی ورسٹی ہیڈ کوارٹر میں پھر چپس پڑ گئی۔ پھر لوگ سنگھ کے سکریٹری کو گالی بکنے لگے اور رجسٹرار کو یونی ورسٹی کا دو دن بند ہونا پھر یونی ورسٹی کے لیے بہت نقصان دہ محسوس ہونے لگا۔

سوچتے سوچتے رجسٹرار صاحب نے پھر نکتہ پیدا کیا اور ڈی ایم صاحب کے پاس واضح صورت حال لے کر گئے:

1۔　آفیسرس کو چھوڑ دیا جائے تا کہ یونی ورسٹی بند نہ ہو۔

2۔　ہیڈس کو چھوڑ دیا جائے تا کہ شعبوں کی دفتری کارروائیاں چلتی رہیں۔

3۔ جو ہاتھ پیر آنکھ کان سے معذور اساتذہ ہیں، ان کو چھوڑ دیا جائے کہ وہ تو یوں بھی کسی کام کے نہیں ہیں۔

رجسٹرار چونکہ حکومت کا ریٹائرڈ گزیٹیڈ آفیسر تھا اور ڈی ایم بھی چونکہ حکومت کی مشنری کا ہی ایک پرزہ تھا اس لیے ڈی ایم نے قہراً جبراً نہیں بلکہ تکلفاً ان تجاویز کو قبول کر لیا اور جس وقت وہ اس سہولت کا آرڈر کرنے والا تھا اسی وقت سنگھ کا سکریٹری بالکل مسمات کی شکل بنائے سامنے آ گیا اور بڑی لجاجت سے بولا: ''سر! جب آپ آفس کے ادھیکاریوں کو چھوڑ رہے ہیں تو میں بھی تو سنگھ کا ادھیکاری ہوں، سکریٹری ہوں۔'' ڈی ایم صاحب کا موڈ اس وقت ٹھیک تھا، انہوں نے جوان سکریٹری کو بھی چھوڑ دیا جو ابھی پروفیسر نہیں ہوا تھا۔ اخبار میں دوسرے دن پھر خبر آئی: ''ڈی ایم نے یونی ورسٹی کے آفیسروں اور لولوں لنگڑوں کو معاف کر دیا۔ باقی سارے پروفیسروں کو ڈیوٹی پر جانا ہوگا۔''

نتیجہ یہ ہوا کہ ابھی چند برسوں قبل لکچرر بنے اشوک پرشاد اور چند برسوں میں ریٹائر کرنے والے ان کے پتا پروفیسر سدھیشور پرشاد دونوں کلکٹریٹ میں بیٹھے اپنی اپنی باری کا انتظار کر رہے تھے مگر بیٹا باپ سے کٹا کٹا چل رہا تھا اور باپ کی نگاہ اگر بیٹے پر پڑتی تو وہ جلدی سے اپنی نگاہ پھیر لیتا یا سگریٹ جلانے لگتا۔

سردیوں کے موسم میں تو شام ذرا پہلے کیا بہت پہلے ہو جایا کرتی ہے تو شام ہو چکی تھی مگر مجمع ابھی کم نہیں ہوا تھا۔

''وجے۔ کتنا بجا بھائی؟'' سدھیشور بابو نے اپنے کلیگ وجے کمار سنہا سے پوچھا۔

''چھ بج گئے''

''ابھی اور کتنا وقت لگے گا؟''

''کیسے کہا جائے بھائی؟ اب تو ساری پہلی ترتیب ہی ختم کر دی گئی تو نئی ترتیب میں تو وقت لگے گا۔''

''لیکن اس الٹ پھیر کی ضرورت کیا تھی؟''

''ارے وہ! تم نے سنا نہیں؟ جو انتظام کیا گیا، جو مختلف پارٹیوں کی میٹنگ کی گئی، وہ ساری کی ساری پچھلے الیکشن والی تھی اس کی اطلاع مشاہدین کو ملی تو ان کو یہ شک ہوا کہ یہ خبر

پوشیدہ نہیں رہ پائے گی اور شاید سیاسی پارٹیاں الیکشن کرانے کے لیے جانے والے پریزائیڈنگ آفیسروں اور پٹرولنگ مجسٹریٹس کو پہلے ہی (Manage) کرنے کا کوئی نہ کوئی راستہ نکال لیں گی۔ اسی لیے ساری سیٹنگ کو دوبارہ کمپیوٹر کے حوالے کردیا گیا تھا تا کہ بالکل نیا انتظام کیا جا سکے۔ یہ ایک ایسا انتظام ہو جس کی اطلاع جانے سے پہلے تک کسی آفیسر کو نہ مل سکے۔''

سدھیشور بابو وجے بابو کی آواز سنتے سنتے اونگھ گئے۔ یہ سب کچھ سدھیشور بابو کی سمجھ میں آ بھی نہیں سکتا تھا۔ وہ فلسفہ کے پروفیسر تھے۔ ساری زندگی مطلق اور مجرد کے درمیان فرق سمجھتے رہے اور سمجھاتے رہے، انہیں کیا پتہ تھا کہ ان کی ضعیفی میں انتہاؤں پر بھی ''وسط'' تلاش کیا جانے لگے گا۔ انہوں نے تو کبھی خواب میں بھی نہیں سوچا تھا کہ ریٹائرمنٹ سے صرف دو سال پہلے ان کو الیکشن ڈیوٹی مل جائے گی اور ''انڈیا انٹرنیشنل'' کے قومی سیمینار میں اجلاس کی صدارت کرنے والے کو کلکٹریٹ کے میدان میں بچھی لوہے کی کرسی پر صبح نو بجے سے شام چھ بجے تک اپنا نام پکارے جانے کا انتظار کرنا ہوگا۔

''حرامزا......'' اچانک ہی ایک لفظ ان کے منہ سے بہ آواز بلند نکل گیا۔ حالانکہ انہوں نے جلدی سے زبان دانتوں تلے دبائی مگر وجے کمار نے سن ہی لیا۔

''کیا ہوا سدھیشور؟ گالی کیوں بک رہے ہو؟''

''بس ایسے ہی یار۔ جھلا گئی تھی طبیعت۔'' سدھیشور بابو نے مسکراتے ہوئے کہا۔

''سدھیشور۔ تمہاری طبیعت تو ابھی جھلائی۔'' انگلش کے سینئر پروفیسر شمس الہدیٰ کہنے لگے: ''میرا تو یہ حال ہے کہ ایک ہفتہ پہلے سے یعنی جس دن سے لیٹر آیا ہے ہر بات میں ماں بہن کی گالی منہ سے نکلی جارہی ہے۔''

سدھیشور بابو، وجے کمار سنہا اور شمس الہدیٰ تینوں آہستہ آہستہ ہنسنے لگے۔ فضا پر چھایا بوجھل پن ذرا کم ہوتا محسوس ہوا مگر اندھیرا اب اور گہرا ہو گیا تھا۔ چہرے چہرے کم تھے اور چہروں کا عکس زیادہ۔

کلکٹریٹ کے لان میں تقریباً ڈیڑھ دو سو کرسیاں بچھی ہوئی تھیں اور وہاں لوگوں کی تعداد چار سو سے کم نہیں تھی۔ یہ چار سو لوگ صبح نو دس بجے سے اپنا نام پکارے جانے کا انتظار کر رہے تھے، ان سب کو پٹرولنگ مجسٹریٹ کی ڈیوٹی دی جانے والی تھی۔

پٹرولنگ مجسٹریٹ کے ماتحت ایک پولیس انسپکٹر اور چار بندوق بردار سپاہی دیئے جاتے ہیں۔ ان لوگوں کی ذمہ داری یہ ہوتی ہے کہ یہ امن وامان اور ایمانداری کے ساتھ الیکشن کے مراحل مکمل کرائیں۔ اس غرض سے ایک پٹرولنگ مجسٹریٹ کو چار سے چھ پولنگ بوتھ تک حوالے کئے جاتے ہیں جو تقریباً چار پانچ کیلومیٹر کی دوری میں پھیلے ہوتے ہیں۔ الیکشن کے دوران کئی قسم کی گڑبڑی کے خطرات رہتے ہیں۔ مثلاً پریزائڈنگ آفیسر یا پولنگ آفیسر کسی خاص سیاسی پارٹی کے ساتھ کوئی رعایت تو نہیں برت رہے ہیں، یا کسی پارٹی والے کسی بوتھ پر قبضہ تو نہیں کر رہے ہیں، یا علاقے کے عام لوگ تو ووٹ دینا چاہتے ہیں مگر کچھ لوگ باقی لوگوں کو کہیں اس لیے تو نہیں ڈرا دھمکا رہے ہیں کہ یہ لوگ ووٹ نہ دے سکیں۔ اس کے علاوہ کچھ اور چھوٹے چھوٹے حادثات کا خطرہ بھی بنا رہتا ہے مثلاً کہیں کچھ لوگ بیلٹ پیپر پھاڑ دیتے ہیں، کچھ لوگ پریزائیڈنگ آفیسر کے ساتھ بدسلوکی کرنے لگتے ہیں۔ ایسی ہر صورت حال میں پٹرولنگ مجسٹریٹ کو اختیار حاصل ہے کہ ان تمام حادثات وخطرات کو روکنے کے لیے جو طریقہ مناسب سمجھے اختیار کرے۔ یہاں تک کہ اگر وہ چاہے تو پولنگ رکوا بھی سکتا ہے۔ جہاں کوئی بدنظمی ہوئی ہے وہاں کی پولنگ کینسل کرانے کے لیے الیکشن کمیشن سے سفارش بھی کر سکتا ہے، لاٹھی چارج بھی کروا سکتا ہے۔ حد یہ کہ اگر ضرورت پڑے تو گولی چلانے کا بھی حکم دے سکتا ہے۔

''مگر وجے بابو۔'' سدھیشور پرساد وجے کمار سنہا کی طرف مخاطب ہوئے۔ ''پٹرولنگ مجسٹریٹ کو اختیارات بہت ہیں۔''

اور اس سے پہلے کہ وجے بابو کچھ کہتے اچانک دونوں کی نگاہ پروفیسر رکن الدین پر پڑی۔ پروفیسر رکن الدین گورے نارے خوبصورت آدمی تھے اور یونی ورسٹی کے چند خوش لباس لوگوں میں گنے جاتے تھے مگر اس وقت تو منظر ہی کچھ دوسرا تھا: بال الجھے ہوئے، چہرہ پسینے سے تر، سارا گوراپن سیاہی مائل ہو رہا تھا، پینٹ شرٹ پر ایک دو جگہ دھبے بھی نظر آئے۔ ایک ہاتھ میں کلکٹریٹ سے ملے ہوئے سارے کاغذات اور دوسرے ہاتھ میں ان کا بریف کیس! ''دین صاحب۔'' سدھیشور بابو اچانک پکار اٹھے۔ رکن الدین آواز پہچان کر بے ساختہ ان کی طرف دوڑے۔

''کیا دین بھائی؟ آپ کی ڈیوٹی کہاں پڑی؟''

''سر! ایک دم نکسل ایریا ہے۔ ٹیر گھاٹی اور آس کے بیچ سے ایک روڈ گئی ہے۔''

پروفیسر رکن الدین کا لہجہ عجب سا...... کچھ رودیا رویا سا تھا۔

''آپ لوگ بچ گئے سر؟'' رکن الدین صاحب کے لہجے سے حسرت ٹپک رہی تھی۔

''ابھی کیسے کہا جائے بھائی؟'' پروفیسر شمس الہدیٰ نے گویا تسلی دی۔ ''پکارا جارہا ہے۔ دیکھئے کب ہمارا نمبر آتا ہے؟''

''آپ کو کیا ملی؟ کار یا جیپ؟'' سدھیشور بابو نے پوچھا۔

سدھیشور بابو کی اس بات پر رکن الدین اچانک ہنس پڑے: ''آپ بھی سر کیسی بات کر رہے ہیں؟''

''کیوں؟ کیا ہوا؟ میں نے غلط کہا کیا؟''

''سر، ہم لوگوں کو کار جیپ مل جائے گی تو صاحب لوگ کس پر جائیں گے؟''

''ارے بھائی۔ تو ہم لوگوں کو جانے کے لیے گاڑی تو وہ دیں گے نا؟''

''ہاں سر دیں گے۔ ٹریکٹر مل رہا ہے ہم لوگوں کو''

''کیا کہہ رہے ہیں آپ؟'' سدھیشور بابو ہڑابڑا کر کھڑے ہوگئے۔

''مولوی صاحب۔ اب وہاں کیا کھڑے ہوگئے؟ چلئے۔'' اچانک آگے رکے انسپکٹر سپاہی میں سے کوئی ایک بالکل جیسے ڈپٹ کر بولا اور رکن الدین بیچارہ مزید کچھ کہے بغیر جلدی سے پولیس والوں کے ساتھ آگے بڑھ گیا۔

''یار مجسٹریٹ ٹریکٹر پر جائے گا؟'' سدھیشور پرساد بڑبڑائے۔

''ہدیٰ صاحب۔ انسپکٹر مجسٹریٹ کا ماتحت ہے یا مجسٹریٹ انسپکٹر کا ماتحت؟'' وجے کمار سنہا نے بڑے تیکھے لہجے میں شمس الہدیٰ سے پوچھا۔

کسی نے کسی کو جواب نہیں دیا۔ پروفیسر رکن الدین جا چکے تھے، نام پر نام پکارا جارہا تھا، سرد اندھیری رات دوڑتی چلی آرہی تھی۔

''وجے۔ کہیں پانی ملے گا؟''

''کیا بات ہے؟'' ہدیٰ صاحب نے سدھیشور بابو کا چہرہ دیکھا۔ فروری کی ایک سرد شام میں سدھیشور بابو کے ماتھے پر پسینہ آگیا تھا۔

''تم دل کے پرانے مریض ہو۔ دوا چوس لو۔ پانی مت پیوؤ۔'' وجے کمار نے مشورہ دیا۔

سدھیشور بابو صرف دل کے مریض نہیں تھے، ان کا شوگر بھی بڑھا ہوا تھا، تنفس بھی پریشان کرتا تھا اور اس وجہ سے گرد وغبار سے تو ان کو بالکل ہی الرجی تھی، ساتھ ساتھ موتیا بند بھی بالکل تیار ہو چکا تھا اور اسی فروری کے آخر یا مارچ کے شروع میں آپریشن لینے کا ارادہ تھا۔ ان کو بھاری کام کرنا بالکل منع تھا اور کچھ ان کی طبیعت بھی ارسٹوکریٹک تھی اسی لیے آئی اے ایس کمپیٹ کر لینے اور جوائن کرنے کے چھ ماہ بعد ہی انہوں نے استعفیٰ دے کر یونی ورسٹی جوائن کر لی۔ لکھنے پڑھنے کی عادت شروع سے تھی اور اپنے سبجکٹ کا بہت ہی واضح اور منفرد Concept رکھتے تھے اس لیے فلسفہ کے میدان میں ان کی بہت پوچھ تھی۔ عمر ساٹھ کے آس پاس تھی، صوبہ کے ایک وزیر اعلیٰ کے کلاس فیلو رہ چکے تھے۔ صوبہ میں اور صوبہ کے باہر ہر جگہ بحیثیت فلسفی ان کی عزت کی جاتی تھی۔ انہوں نے تو کبھی خواب میں بھی نہیں سوچا تھا کہ ایسی صورت حال کا سامنا بھی ان کو کرنا پڑ سکتا ہے۔ ان کی دنیا کتاب اور قلم تھی۔ انہوں نے اپنی طبیعت کو انتظامیہ کی طرف مائل ہوتے نہ دیکھا تب ہی تو وہ انتظامیہ چھوڑ کر ٹیچنگ میں آگئے اور اب انہیں، سدھیشور پرساد کو حکم نامہ ملا کہ: ''کلکٹریٹ آؤ اور کلکٹر صاحب تمہیں جس علاقے میں جانے کا حکم دیں وہاں جا کر الیکشن مکمل کراؤ۔''

سدھیشور بابو نے دوا کھا کر سامنے رکھی ایک کرسی پر پیر پھیلا دیا اور جس کرسی پر بیٹھے تھے اس کی پشت پر سر ٹکا دیا۔

''ہم بلبلیں ہیں اس کی یہ گلستاں ہمارا۔'' جانے کب کا سنا ہوا علامہ اقبال کے قومی ترانے کا ایک مصرعہ سدھیشور بابو کے ذہن میں گونج گیا...... ان کی آنکھیں بھر آئیں...... بچپن کے دن یاد آگئے۔ ان کے پتا تپیشور پرساد جنگ آزادی کے جانے مانے سپاہی تھے...... بچپن میں سنا باپ کا ایک جملہ یاد آگیا۔ انہوں نے ماں کو سمجھاتے ہوئے کہا تھا: ''باعزت زندگی کے لیے آزادی ضروری ہے۔''

''اگر میں نے انڈین ایڈمنسٹریٹو سروس سے استعفیٰ نہ دیا ہوتا تو یہ شاید میرے اسسٹنٹ کا بھی اسسٹنٹ ہوتا۔'' انہوں نے سامنے بنے اسٹیج پر ایک خصوصی گدے دار کرسی پر بیٹھے اور حکم دیتے ڈی ایم کو دیکھ کر مند مند آنکھوں سے جانے کیا کیا دیکھا کہ ان کی آنکھیں اور دھندلا گئیں۔

ان کے سامنے پورا صوبہ کتاب کی طرح کھلا پڑا تھا۔ 1974 کے بعد سے صوبہ میں سماجی اور سیاسی ایکٹوزم کا کچھ عجیب پیچیدہ بلکہ سچ مچ سمجھ میں نہ آنے والا سلسلہ شروع ہو چکا

تھا اور لگاتار جاری تھا۔ پروفیسر سدھیشور پرساد کسی پارٹی کے ممبر نہیں تھے مگر مزاجاً وہ سماجی بدلاؤ کو خوش آمدید کہنے کی ہمت رکھنے والوں میں اپنا شمار کرتے تھے۔ اسی لیے 1974 کے بعد ''سماجی انصاف'' کا جو نعرہ عام ہوا اس سے پروفیسر سدھیشور پرساد بھی گھبرائے نہیں بلکہ اپنے اردگرد کے لوگوں کو سمجھایا اور ذہنی طور پر لوگوں کو اس نہج پر تیار کرنے کی کوشش کی کہ جب ساری دنیا میں اینٹی اپرتھائڈ تحریک چل رہی ہے تو ہم عالمی سطح کے اس بدلاؤ میں روڑا کیوں بنیں؟ وہ تاریخ کا چکہ گھومنے کے قائل تھے اس لیے پسماندہ طبقات کی Enthusiasm کا جواز بھی ان کے پاس تھا اور اسی لیے جب دلت، پسماندہ طبقات اور اقلیتوں کی سماج اور حکومت میں حصہ داری کی بات اٹھی تو وہ اس کے ساتھ ہو لیے مگر 1974 سے 1998 تک کے چوبیس برس کے طویل عرصے میں سماجی انصاف کے نام پر جس طرح ایک ذات کی بالادستی اور اس کی وجہ سے غنڈہ گردی، انتظامیہ کی بے ایمانی اور بے بسی، ذات کے نام پر مجرموں کی پردہ پوشی اور اساتذہ سمیت تمام نظریاتی بنیاد رکھنے والے شریف انسانوں کی بے عزتی کا جو سلسلہ شروع ہوا، وہ ان کے اپنے بنائے ہوئے ذہنی ڈھانچے میں کہیں فٹ نہیں ہو پا رہا تھا۔ حالت یہاں تک پہنچ چکی تھی کہ دارالسلطنت سے آنے والے ایک آدمی نے بتایا کہ ایک شخص جو نہ تو مرکز یا ریاست، کہیں کا وزیر ہے نہ الیکشن جیت کر آیا ہوا ایم ایل اے یا ایم پی ہے صرف راجیہ سبھا کا ممبر ہے اور وزیر اعلیٰ کا رشتہ دار، وہ اتنا سر چڑھ گیا ہے کہ یونی ورسٹیوں کے وائس چانسلر بھی جب اس کے کمرے میں جاتے ہیں تو وہ بھی کھڑے رہتے ہیں کیوں کہ اس کمرے میں بس ایک ٹیبل اور ایک کرسی ہے۔ وہ شخص کرسی پر بیٹھا رہتا ہے اور ٹیبل پر پیر پھیلائے رہتا ہے اور باقی سارے وائس چانسلر اور چیرمین اس کے سامنے کھڑے رہتے ہیں اور وہ سارے دانشوروں کو گالی بکتا رہتا ہے۔

سدھیشور بابو کرسی کی پشت سے سر ٹکائے سوچے چلے جا رہے تھے اور کلکٹریٹ کے لان میں گہری اندھیری رات جھوم جھوم کر برس رہی تھی۔

''پورے ہندوستان پر رات کا سمئے ہے یا یہ اندھیرا صرف اسی علاقے کے لیے ہے؟'' سدھیشور بابو نے آہستہ سے وجے بابو سے پوچھا تو وجے بابو ہنس دیئے اور بڑے دھیرج سے بولے: "Please, don't give it a philosophical touch." فضا قدرے کم بوجھل محسوس ہونے لگی مگر سدھیشور بابو، وجے بابو اور ہدئی صاحب کی بوریت کم نہیں ہو پا رہی تھی۔

لان میں چاروں طرف برقی قمقمے روشن کر دیئے گئے تھے۔ ڈی ایم صاحب اور ایس پی صاحب شاید آرام کرنے کے لیے اپنے اپنے کمروں میں چلے گئے تھے اس لیے کہ اسٹیج پر بچھی تین کرسیوں میں سے بیچ والی پر ایک اسسٹنٹ کلکٹر بیٹھا تھا باقی دو کرسیوں پر ایک طرف ایک بی ڈی او بیٹھا تھا اور دوسری طرف کلکٹریٹ کا ایک بڑا بابو۔

زیادہ تر لوگ اپنا اپنا نام پکارے جانے پر جا چکے تھے۔ ان میں سے کچھ گاڑی اور پولیس پارٹی لے کر دوبارہ شاید بیلٹ پیپر لینے آ رہے تھے۔ اب جو لوگ باقی بچے تھے وہ عجب گومگو کی کیفیت میں تھے۔ کبھی دل کہتا کہ اب شاید اسے نہیں پکارا جائے گا مگر پھر خیال آتا کہ گمر نام تو پکارا جا رہا ہے۔ اس نام پکارنے کے مرحلے میں تین چار مرتبہ ایسا بھی ہوا کہ کسی کا نام پکارا گیا اور وہ حاضر نہ ہوا تو پانچ سات منٹ کے وقفے پر بار بار اس کا نام پکارا گیا اور ہر بار دو تین مرتبہ پکارنے کے بعد بھی جب وہ شخص حاضر نہ ہوا تو اعلان کرنے والے بڑے بابو نے بڑے ہی دھمکی بھرے انداز میں ذرا زیادہ ہی زور سے کہا کہ: ''جو لوگ اپسھت نہیں ہوئے ہیں وہ اس بات کو نشچت سمجھیں کہ ان کے وروده پر اتھمکی (ایف آئی آر) اوشیہ درج کی جائے گی۔''

''ہدی صاحب۔ کیا سچ مچ جو لوگ نہیں آ سکے ان کے خلاف ایف آئی آر درج ہوگا۔'' وجے بابو نے ہدی صاحب سے پوچھا۔

''دھت۔ آپ بھی کہاں کی بات کر رہے ہیں؟ الیکشن کے بعد کون پوچھتا ہے؟''

''آپ اتنا یقین کے ساتھ کیسے کہہ سکتے ہیں؟''

''میرے ایک رشتہ دار دوسرے ڈیپارٹمنٹ میں ہیں، پچھلے تین الیکشن سے ان کو لیٹر آتا ہے، ان کا نام پکارا جاتا ہے اس پر بھی وہ نہیں جاتے اور کبھی کچھ نہیں ہوتا۔''

''بھگوان کرے ایسا ہی ہو۔'' وجے بابو آہستہ سے بولے۔

''ارے۔'' شمس الہدیٰ صاحب اچانک چونکے۔ ''وجے بابو یہ تو ریزرو والوں کا نام پکارا جا رہا ہے۔''

''مطلب؟''

''لگتا ہے۔ ہم لوگ بچ گئے۔''

''یہ کیا بدی صاحب؟'' سدھیشور بابو چونک کر سیدھے ہو کر بیٹھ گئے۔

''ابھی جو نام پکارا　روی شنکر گپتا۔'' بدی صاحب نے وضاحت کی۔ ان سے میری جان پہچان ہے۔ یہ ریزرو میں تھے اور ریزرو والے تو بالکل آخر میں بلائے جاتے ہیں۔ اس کا مطلب یہ ہے کہ جنرل کوٹا میں سے ہم لوگوں کا لیٹر وہاں پر نہیں ہے۔''

''ارے واہ بدی صاحب۔ ایسا ہو جائے تو میں آپ کو مٹھائی کھلاؤں گا۔ کیوں وجے بابو؟''

''ارے بھائی۔ میں کیا کہوں؟ میں بھی ریزرو میں ہوں۔ اب کہیں میرا نمبر آ گیا تو؟''

بدی صاحب اور سدھیشور بابو گڑبڑا کر چپ ہو گئے...... وجے بابو کا دل دھک دھک کر رہا تھا۔

''کیا سدھیشور بابو کی طرح مجھے بھی دل کا دورہ پڑنے والا ہے؟'' وجے بابو کے دل میں شک کا ایک سانپ سا رینگ گیا۔

''شری ایس ہدیٰ۔ دیا کھیا تا، بی ان کالج۔ امتھوا۔'' فضا میں اچانک مائکروفون سے آواز گونجی اور پروفیسر شمس الہدیٰ کا چہرہ بالکل سفید پڑ گیا۔

''ہدیٰ صاحب۔ آپ کی تو پکار ہو گئی۔'' وجے بابو نے بڑے ہمدردانہ لہجے میں کہا۔

''ہاں بھائی۔ پکار تو ہو ہی گئی۔ میرا اتنی دعائیں پڑھنا شاید بیکار گیا۔''

''چپ رہئے۔ مت جائیے۔ کچھ نہیں ہوگا۔'' وجے بابو نے ہدیٰ صاحب کو مشورہ دیا۔

''شری شمس الہدیٰ دیا کھیا تا بدری نارائن کالج، امتھوا۔ کرپیا آپ آ کر اپنا پارٹی نمبر اور سب کا گنج لے لیں۔''

مائکروفون پر آواز پورے لان میں پھیل رہی تھی اور شمس الہدیٰ صاحب رومال سے اپنا چہرہ صاف کر رہے تھے۔

''وجے بابو۔ کیا کروں؟ میرا تو ریزرو میں بھی نہیں ہے۔'' شمس الہدیٰ صاحب تھوک گھونٹتے ہوئے بولے۔

''بیٹھیے ہدیٰ صاحب، جنرل اور ریزرو کیا؟ دیکھا نہیں؟ آپ سے پہلے نو آدمی Appear نہیں ہوئے ہیں۔''

مائکروفون پر پھر آواز گونجی: ''شری شمس الہدیٰ۔ آپ جہاں بھی ہوں جلد آویں۔ یاد رکھیں جو اپستھت نہیں ہوگا اس کے وردھ پراتھمکی اوشیہ درج کرائی جائے گی۔''

ہدیٰ صاحب ایک دم ہڑبڑا کر اٹھ کھڑے ہوئے۔ ''میں جا رہا ہوں۔''

اور اس سے پہلے کہ وجے بابو یا سدھیشور جی پروفیسر ہدیٰ کو کچھ سمجھاتے، ہدیٰ صاحب اسٹیج کے نزدیک پہنچ چکے تھے۔

کلکٹریٹ کے میدان میں اب زیادہ کرسیاں خالی تھیں۔ زیادہ لوگ جا چکے تھے۔ بمشکل وہاں پچاس آدمی ہوں گے۔ فروری کے مہینے سے عموماً ٹھنڈک کم ہونے لگتی ہے مگر اس مرتبہ ٹھنڈ کم ہونے کا نام نہیں لے رہی تھی۔ رات کے آٹھ بج چکے تھے، سامنے اسٹیج پر اب صرف ایک بی ڈی او بیٹھا تھا۔ اس کے بغل میں کلکٹریٹ کا بڑا بابو ستاہوا لمبوترا چہرہ لیے کسی مشین کی طرح مائکروفون پر بار بار یہی جملہ دہرا رہا تھا: ''جو اپستھت نہیں ہوں گے ان کے وردھ پراتھمکی اوشیہ درج کرائی جائے گی۔'' اور اسٹیج سے ذرا ہٹ کر ایک ٹیبل پر چار پانچ آدمیوں پر مشتمل کلکٹریٹ کا وہ عملہ بیٹھا تھا جو ڈیوٹی پر جانے والوں کو کاغذات دینے کے لیے مقرر کیا گیا تھا۔

فضا عجب اٹ پٹی سی ہو رہی تھی۔ لمبے چوڑے میدان میں دس بارہ بڑے درخت برقی قمقموں کی روشنیوں کو بار بار چھپا لیتے پھر ہوا چلتی تو روشنی کی کوئی کرن کرسی پر بیٹھے کسی آدمی پر پڑتی پھر پل بھر میں ہوا کا دوسرا جھونکا اس آدمی کو دوبارہ چھپا دیتا۔ کوئی آدمی بھی پوری طرح سامنے نہیں آ پا رہا تھا حالانکہ میدان میں ایسی جگہوں پر بھی خالی کرسیاں تھیں جہاں درختوں نے اندھیروں کا جال نہیں بنا تھا مگر لوگ درختوں کی اوٹ ہی میں بیٹھے ہوئے تھے، شاید شبنم سے بچنے کے لئے۔ ویسے درختوں کی اوٹ میں بیٹھنے کی وجہ سے اسٹیج والے بھی کسی کو بہت صاف صاف نہیں دیکھ پا رہے تھے۔ سامنے بیٹھا بڑا بابو لوگوں کا چہرہ دیکھے بغیر بس نام پکار رہا تھا اور اب زیادہ پکار خالی جا رہی تھی اور مائکروفون پر یہ جملہ بار بار سنائی دے رہا تھا: ''اپستھت نہ ہونے والوں کے وردھ پراتھمکی اوشیہ درج کرائی جائے گی۔''

پروفیسر شمس الہدیٰ جا چکے تھے۔

سدھیشور پرساد اور وجے کمار دو بدھے میں گھرے بس اپنے دل کی دھک سن رہے تھے　　اور نام پکارا جا رہا تھا۔

''ہے بھگوان'' اچانک وجے بابو کی کراہ سنائی دی۔ مائکروفون پر آواز گونج رہی تھی: 'وجے کمار سنہا' پروفیسر رسائن شاستر ......'' سدھیشور بابو نے وجے کمار کے کندھے پر ہاتھ رکھا۔ وجے بابو نے سدھیشور جی کے ہاتھ پر ہاتھ رکھا تو سدھیشور پرساد کو احساس ہوا کہ وجے کمار کا ہاتھ تو کسی لاش کی طرح سرد ہو رہا تھا۔

''وجے؟ کیا کرو گے؟'' سدھیشور جی نے بڑی اپنائیت سے پوچھا...... مائکروفون پر پھر آواز گونجی۔

''شری وجے کمار سنہا آ کر اپنا پارٹی نمبر اور دوسرے سمبندھت پیپرس لے جائیں۔''

''چھوڑو، مت جاؤ۔'' سدھیشور بابو بولے تو نگران کی آواز بالکل کھوکھلی ہو رہی تھی۔

''سدھیشور بابو۔ شمس الہدیٰ ہم لوگوں سے جونیئر ہیں۔ عمر میں کم ہیں۔ وہ تو اس کی ہمت ہی نہیں کر سکے۔'' اتنا کہہ کر وجے بابو چپ ہو گئے۔

سدھیشور بابو کی سمجھ میں نہیں آیا کہ اب وہ وجے کمار سے کیا کہیں ...... فضا میں وہی کرخت آواز پھر گونجی۔

''شری وجے کمار۔ اگر آپ اپستھت نہیں ہوں گے تو آپ کے وردھ پراتھمکی ......''

وجے بابو اس سے زیادہ نہیں سن پائے۔ انہوں نے اپنا بریف کیس اٹھایا اور سیدھ میں چل پڑے۔

اچانک سدھیشور بابو کو احساس ہوا کہ وہ بالکل تنہا ہیں!

اچانک انہیں یاد آیا کہ ان کا لکچرر بیٹا بھی تو کلکٹریٹ کے اسی میدان میں تھا، کیا اسے ڈیوٹی مل گئی؟ وہ چلا گیا؟ انہوں نے اچک اچک کر چاروں طرف دیکھنے کی کوشش کی مگر وہ کہیں نظر نہیں آ رہا تھا۔ سدھیشور بابو کو اپنے بیٹے پر بہت غصہ آیا۔ نالائق جانے سے پہلے مل تو لیتا۔ پھر انہیں دوسری فکر نے گھیرا۔ پتہ نہیں اس کی کس علاقے میں ڈیوٹی پڑی، اگر کہیں نکسلائٹس کا علاقہ ملا تو؟ اندر اندر ایک عجیب سے بے چینی نے انہیں اپنے گھیرے میں لے لیا۔ بلڈ پریشر کے مریض کا بھی عجب حال ہوتا ہے۔ جب وہ موجود تھا تو اسے دیکھ کر گالی بک رہے تھے اور چلا گیا تو یہ سوچ کر پریشان ہونے لگے کہ جانے کس علاقے میں گیا۔

رات کے تقریباً نو بج رہے تھے، نزدیک و دور اندھیرے کی چادر تنی ہوئی تھی، لمبے چوڑے کلکٹریٹ کے میدان میں اب بہ مشکل بیس پچیس آدمی بچے ہوں گے۔ سدھیشور بابو نے آنکھیں پھاڑ پھاڑ کر دیکھنے کی کوشش کی، کوئی شناسا، جان پہچان کا کوئی آدمی...... سدھیشور بابو کو احساس ہوا کہ وہ بالکل تنہا ہیں۔ ان بیس پچیس افراد میں ایک بھی تو ان کی جان پہچان کا نہیں تھا، پتہ نہیں کون لوگ ہیں، کسی دوسرے کالج کے یا کسی آفس کے یا پھر کسی اسکول کے ہیڈ ماسٹر...... سدھیشور بابو فیصلہ نہیں کر پا رہے تھے۔

اچانک سدھیشور بابو کے دماغ میں ایک سوال نے سر اٹھایا۔ پورے ہندوستان میں الیکشن ہوتا ہے اور کسی صوبے کے لوگوں کو الیکشن کرانے میں کوئی دشواری تو نہیں محسوس ہوتی۔ انہیں یاد آیا، پانچ چھ سال پہلے ان کے ایک تامل دوست کے کچھ رشتہ دار اس دوست کے یہاں آئے ہوئے تھے۔ ان میں سے ایک صاحب تامل ناڈو کے کسی محکمے میں گزیٹیڈ آفیسر تھے وہ الیکشن کا تذکرہ نکال بیٹھے تھے اور بہت اطمینان سے الیکشن کے مراحل کی تفصیلات بتا رہے تھے۔ کہیں بھی تو ان کے بیان میں کوئی گھبراہٹ یا اکتاہٹ نہیں تھی۔ پھر ہم لوگ بہار، اتر پردیش اور بنگال وغیرہ کے رہنے والے الیکشن کرانے سے کیوں گھبراتے ہیں؟ کیا ہم ڈرپوک ہیں؟ کیا ہم ذمہ داریوں سے بھاگتے ہیں؟ کیا ہمارے علاقوں میں امن و امان برقرار رکھنے کا مسئلہ واقعی دوسرے علاقوں سے زیادہ مشکل اور تکلیف دہ ہے؟ کیا باقی پورے ہندوستان میں غیر سماجی عناصر نہیں ہیں؟ نکسلائٹس یا پیپلز وار گروپ والے نہیں ہیں؟ واقعی ہمیں میں کیا سرخاب کا پر لگا ہوا ہے کہ ہم الیکشن مکمل کرانے کے کام میں حصہ لینا اپنے منصب سے کمتر سمجھتے ہیں؟ یا پھر یہ وجہ ہے کہ جو لوگ ٹیچنگ پروفیشن میں ہیں وہ انتظامیہ کے مدوجزر سے خود کو ہم آہنگ نہیں کر سکتے اور اسی لیے ٹیچر کلاس کا آدمی کبھی کبھی سر پر آنے والی اس ذمہ داری سے فرار حاصل کرنا چاہتا ہے کیوں کہ Mob handling ایک الگ فن ہے۔ جس سے یا تو سیاست داں واقف رہتا ہے یا ایڈمنسٹریٹر یا پھر مجرم!

سدھیشور بابو سوالات کی ڈھلان پر پھسلے تو پھسلتے چلے گئے۔ ہدیٰ صاحب اور وجے بابو تو جاہی چکے تھے، اب انہیں روکنے والا کون تھا؟ تقریباً ایک گھنٹے کے بعد وہ چونکے۔ ان کی سمجھ

میں نہیں آ رہا تھا کہ وہ نو بجے سے دس بجے تک سوتے رہے یا جاگتے رہے مگر بہر حال ایک گھنٹہ گزر چکا تھا۔ میدان میں پانچ سات آدمی آتے جاتے دکھائی دیے۔ اسٹیج بالکل خالی تھا۔

''کیا میرا نام نہیں پکارا گیا؟'' خیال کی پہلی لہر خوش کرنے والی تھی۔

''مگر یہ کیسے کہا جاسکتا ہے کہ میرا نام پکارا گیا یا نہیں پکارا گیا۔'' خیال کی دوسری لہر نے انہیں ڈسٹرب کر دیا۔

''یہ کیسے پتہ چلے کہ میرا نام پکارا گیا یا نہیں پکارا گیا۔'' انہوں نے اندر ہی اندر ایک عجیب سی بے چینی محسوس کی۔

انہوں نے ذہن پر بہت زور دیا مگر وہ یہ فیصلہ نہیں کر سکے کہ وہ سو گئے تھے یا جاگ رہے تھے۔

انہیں اپنے آپ پر شدید غصہ آیا۔ لعنت ہے اس عمر پر جو اپنی خبر سے بھی بے خبر کر دیتی ہے۔ ان کو لگا کہ ان سے اچھے تو ہدیٰ صاحب اور وجے بابو ہی تھے جنہوں نے ایک واضح صورت حال کی طرف ارادی طور پر قدم بڑھا دیا۔

''کلکٹریٹ کے بڑا بابو سے پوچھ لیا جائے۔'' ایک راستہ نظر آیا۔

''مان لو۔ تمہارا نام نہیں پکارا گیا ہے مگر سامنے آنے پر تمہیں ڈیوٹی دے دی جائے تو؟''

سدھیشور بابو کو محسوس ہوا کہ ڈیوٹی ملنے کے تصور ہی سے ان کا بلڈ پریشر بڑھنے لگا۔

ویسی تمام راتوں کا آخری منظر نامہ یہ ہوتا ہے کہ ہدیٰ صاحب اور وجے بابو آگے بڑھ جاتے ہیں اور سدھیشور بابو جہاں اور جس علاقے میں رہیں نہ آگے بڑھ پاتے ہیں نہ پیچھے ہٹ پاتے ہیں۔

سدھیشور بابو بارہ بجے رات تک کلکٹریٹ کے میدان میں کلکٹریٹ کے بڑا بابو اور دوسرے کرمچاریوں کی نظر سے بچ بچ کر ٹہلتے رہے اور اپنے جانتے صورت حال کا اندازہ لگانے کی کوشش کرتے رہے اور انہیں کوئی اندازہ نہیں لگ سکا اور بار بار مائکروفون سے میدان میں گونجنے والی آواز ان کے سینے پر دو ہتھڑ برساتی رہی: ''اپستھت نہ ہونے والوں کے وردھ پراتھمکی اودشیہ درج کرائی جائے گی......!!''

☆☆☆

ہذیان

— خالد جاوید

باہر کوئی کتا زور زور سے بھونک رہا تھا شاید اسی وجہ سے اچانک اس کی آنکھ کھل گئی۔ اسے محسوس ہوا جیسے وہ ابھی ابھی تو سویا تھا۔ دسمبر کی بے حد سرد رات تھی اور وہ اپنے کمرے سے باہر چلتے ہوئے وحشت زدہ جھکڑوں کو سن سکتا تھا۔ اس نے لحاف کو سر سے الگ کر دیا۔ کمرہ میں اندھیرا پھیلا ہوا تھا لیکن وہ انداز سے اپنی بیوی کا بستر محسوس کر سکتا تھا۔ بیوی کے ہلکے ہلکے سے خراٹے اس کے لیے بے حد مانوس رہے تھے اور اس بات کی دلیل بھی تھے کہ ابھی بہت رات پڑی تھی اور صبح ہونے میں دیر تھی۔ اس کی بیوی اس بڑھاپے میں بھی بہت جلد اٹھ جانے کی عادت سے مجبور تھی حالانکہ یہ بہت عام بات تھی کیونکہ بوڑھے لوگ صبح دیر تک نہیں سو سکتے۔ وہ خود بھی منہ اندھیرے ہی اٹھ جایا کرتا تھا۔ آج سے چار سال پہلے تک وہ باقاعدگی سے ہوا خوری کے لیے جاتا رہا تھا لیکن جب سے اسے ہلکا سا اٹیک ہوا تھا وہ مشکل ہی سے چل پھر سکتا تھا۔ کیونکہ چلتے وقت اس کا سارا وجود عجیب بے ڈھنگے پن سے لڑکھڑا جاتا تھا۔ کوشش کرنے پر وہ چل تو لیتا تھا لیکن اس کی چال میں کوئی ربط یا توازن نہیں رہا تھا، یہی نہیں اس کی تحریر اور گفتگو میں بھی کوئی ربط نہیں رہا تھا۔ ویسے تو اسے ایک معمولی سا حادثہ پیش آیا تھا۔ چار سال پہلے اس کا شمار ملک کے چوٹی کے صحافیوں میں ہوتا تھا، ایسا صحافی جس نے زندگی بھر سیاست سے سمجھوتہ نہیں کیا تھا اور صحافت کی اعلیٰ اقدار کو برقرار رکھا تھا مگر دھیرے دھیرے ملکی صحافت تبدیلی ہوتی جارہی تھی۔ وہ نرم گوشہ غائب ہوتا جا رہا تھا جو صحافت کو انسانی اقدار سے جوڑتا تھا اور یہ بات اس کے لیے سوہانِ روح سے کم نہ تھی اور پھر ایک دن اس کے ساتھ وہ حادثہ پیش آیا۔ 'صحافت اور اقدار' کے موضوع پر ہو رہے ایک سیمنار میں بولتے وقت وہ زیادہ جوش میں آگیا۔ ہائی بلڈ پریشر کا وہ مریض پہلے سے تھا۔ اس کی عمر اور صحت اس بات کی اجازت نہیں دیتی تھی کہ وہ کسی موضوع پر اتنے جوش اور غصے کی حالت میں بولے۔ وہ سیمنار

میں بے وجہ ہی زیادہ جذباتی ہو گیا اور زور زور سے چیخ چیخ کر کہنے لگا کہ اب صحافت کا معیار 'قابلِ صرف' اشیاء کے برابر ہو گیا ہے اور یہی وجہ ہے کہ ایک چھوٹے سے شہر سے بھی پانچ پانچ روزنامے نکلنے لگے ہیں جو ایک بے تکی سی بات ہے۔ پھر وہ ایک عجیب سا سوال کرنے لگا کہ آخر آدمی اتنا خبر یافتہ کیوں ہونا چاہتا ہے؟ اس کے خیال میں آدمی کو زیادہ علم یافتہ ہونا چاہیے نہ کہ خبر یافتہ۔ یا تو اس کی یہ بات کچھ لوگوں کو مضحکہ خیز لگی یا ہو سکتا ہے کہ اس بات کو کہتے وقت اس کے چہرے کے اتار چڑھاؤ کچھ مضحکہ خیز ہو گئے ہوں۔ یہ تو تھا کہ کافی بوڑھا ہو جانے کے باعث اکثر زور زور سے بولتے وقت اس کا کمزور اور دھان پان سا جسم لرزنے لگتا تھا اور بارہا ایسا ہوتا تھا کہ اسے اس حالت میں دیکھ کر لوگ مسکرانے لگتے تھے۔ بہر حال جو بھی ہو کچھ ایسا ضرور ہوا تھا کہ اس کا جملہ ختم ہوتے ہی سیمینار میں اچانک بہت سے لوگ زور سے ہنس پڑے۔ پھر یہ ہنسی چھوت کی طرح تمام سیمینار میں پھیل گئی اور یہاں تک کہ چند نوجوان صحافیوں نے ایک آدھ طنزیہ فقرہ بھی کس دیا۔ بس وہیں پتہ نہیں کیا ہوا اس کا چہرہ بالکل سرخ ہو گیا اور وہ بیدِ مجنوں کی طرح کانپنے لگا، پھر وہیں اسی جگہ کھڑے کھڑے چکرا کر گر پڑا تھا۔

متواتر تین ماہ اسپتال میں رہنے کے بعد اس کی جان بچ گئی تھی۔ دماغ کی جانچ کروانے پر پتہ چلا تھا کہ شدید قسم کے اعصابی دباؤ کے زیرِ اثر دماغ کی ایک نازک رگ سے ہلکا سا خون کا رساؤ ہو کر وہیں منجمد ہو گیا تھا۔ آپریشن سے یہ دور کیا جا سکتا تھا مگر ایک تو آپریشن اس عمر میں خطرناک تھا دوسرے اس بات کی بھی کوئی گارنٹی نہیں تھی کہ آپریشن کے بعد مکمل طور پر صحت یابی حاصل ہو سکے گی۔ اس کی جان بہر حال بچ گئی تھی، بس اتنا فرق پڑا تھا کہ اس کی باتیں بے ربط ہو گئی تھیں۔ اکثر وہ چیزوں اور لوگوں کا نام بھول جاتا تھا یا پھر ان کے غلط نام لینے لگتا۔ چلتے پھرتے وقت توازن برقرار نہیں رکھ پاتا تھا اور گھر میں دیواروں کو تھام تھام کر ہی چل سکتا تھا لیکن اس کے باوجود وہ نہ تو اپنا نام بھولا تھا اور نہ ہی پیشہ۔ اب بھی وہ ملک کے مختلف حالات پر مضمون لکھنا نہیں بھولتا تھا لیکن اب اچانک وہ لکھتے لکھتے بہک جاتا تھا اور مضامین بے ربطی کا شکار ہو جاتے تھے۔ اس کے لکھے ہوئے یہ مضامین یا آرٹیکلز اخبارات کے مدیروں کے ذریعہ بے حد ہمدردی کے ساتھ ردی کی ٹوکری میں ڈال دیے جاتے تھے۔ وہ اپنی بیوی کو بھی نہیں بھولا تھا جو محض اس کا ساتھ نبھانے کے لیے رک گئی تھی ورنہ دونوں بیٹوں کے ساتھ امریکہ چلی گئی ہوتی۔ اس کے دونوں لڑکے عرصے سے اپنی اپنی بیویوں سمیت امریکہ

میں مقیم تھے۔ کئی سالوں سے انہوں نے ماں یا باپ سے قریب قریب رابطہ منقطع کر رکھا تھا۔ ماں کے خطوں کے جواب میں کبھی کبھی کوئی بیٹا ڈھائی منٹ کے لیے ٹیلی فون کر لیتا تھا۔ ادھر کافی دنوں سے ایسا اتفاق بھی نہیں ہوا تھا۔

لحاف سے سر باہر نکال لینے پر اسے سردی کا احساس ہونے لگا۔

''وہ ابھی ابھی تو سویا تھا۔'' اس نے سوچا پھر اسے عجیب قسم کی بے چینی کا احساس ہونے لگا۔ دھڑ کے نیچے رانوں کے پاس کہیں بہت ٹھنڈا ٹھنڈا سا لگ رہا تھا۔ ٹھنڈا اور گیلا، لحاف کے اندر سمائی ہلکی سی حرارت میں یہ گیلا پن اسے بہت لجلجا سا لگ رہا تھا۔

''پیشاب ہے۔'' اس نے جھلا کر کہا۔

''سنو پھر نکل گیا...... پیشاب'' اس نے زور سے سوتی ہوئی بیوی کو پکارا۔ بات کرتے وقت اس کی زبان میں لکنت آجاتی تھی اور اکثر حلق میں سرسراتے ہوئے بلغم کی وجہ سے اس کی آواز اس کی بیوی کے لیے بالکل اجنبی ہو جایا کرتی تھی مگر ساتھ ہی اس آواز میں ''کچھ'' ایسا ڈراؤنا اور قابلِ رحم تاثر ہوتا تھا کہ بیوی فوراً اس طرف متوجہ ہو جاتی تھی اور سہم کر اس کی بات کا مطلب سمجھنے کی کوشش کرتی۔ اس وقت بھی وہ بے خبر سو رہی تھی لیکن اس کی آواز سن کر گھبرا کر جاگ گئی۔

''کیا بات ہے؟'' وہ بستر سے اٹھی۔

''پیشاب ہے...... پیشاب نکل گیا ہے۔'' وہ دھیرے سے بولا۔

بیوی نے دیوار پر لگے بلب کا سوئچ آن کر دیا۔

''بڑی سردی ہے۔'' وہ ہلکے سے بڑبڑائی۔ پھر اس کے بستر کے قریب آ کر اس کے دھڑ کے نیچے پڑے ایک میلے سے چادر کے ٹکڑے کو باہر کھینچ لیا جو بالکل گیلا ہو رہا تھا۔ گیلے کپڑے کو فرش پر ڈالتے ہوئے اس نے پلنگ پر ہی پڑے ایک دوسرے صاف اور سوکھے کپڑے سے اس کا نچلا جسم پونچھ دیا۔

''جلدی کرو...... ٹھنڈ لگ رہی ہے۔'' وہ کانپتا ہوا بولا۔

''صبر تو کرو...... نیچے دوسرا کپڑا رکھوں گی۔ آخر کہاں سے اتنی چادریں اور گدے بدلنے کو لاؤں۔ اس سے تو اچھا ہے کہ تم ان دنوں وہی نکی لگوا لو۔ جاڑوں میں تو بڑی قلت ہو جاتی ہے۔'' بیوی نے ناخوشگواری سے جواب دیا۔

دراصل پانچ سال سے اس کے اعصاب بے حد کمزور ہو گئے تھے۔ خاص طور پر پیشاب کی حاجت ہونے پر تو وہ اسے روک ہی نہیں سکتا تھا۔ اٹھتے بیٹھتے پیشاب خطا ہونے لگتا تھا۔ ڈاکٹر نے پریشانی سے بچنے کے لیے کیتھیڈ رفٹ کر دیا تھا۔ جن دنوں اس کے کیتھیڈ رلگا ہوا تھا اسے ایک اچھا مشغلہ مل گیا تھا۔ پلنگ کی پائنتی پر پلاسٹک کی تھیلی لٹکی رہتی جس پر مقدار ناپنے کے لیے پیمانہ بنا ہوا تھا۔ عام طور سے یہ تھیلی دو لیٹر کی ہوتی ہے اور بوند بوند کر کے اس میں پیشاب گرتا رہتا ہے۔ وہ کروٹ سے لیٹا ہوا دیر تک یہ منظر دیکھتا رہتا۔ اسے ایک عجیب سی سنک ہوگئی تھی۔

''دیکھو کتنا ہو گیا۔'' وہ محویت کے ساتھ دیکھتا ہوا اکثر بیوی سے کہا کرتا۔

''ذرا دیکھنا...... مجھے صاف نظر نہیں آ رہا ہے۔ کتنے ملی لیٹر ہو گیا۔''

''اوہ..... آخر تمہیں اس سے کیا مطلب کہ کتنا ہو گیا۔ تمہیں کوئی پریشانی ہے؟'' بیوی جھلایا کرتی۔

''نہیں میں سوچ رہا تھا کہ کل کے مقابلہ میں آج کہیں کم تو نہیں ہوا۔'' وہ فکر کے ساتھ کہتا اور پھر پلنگ کی پٹی پر سے آدھا نیچے جھک کر پیشاب کی تھیلی کو دیکھنے لگتا۔ کسی کسی دن جب پیشاب کم آتا تو اس دن وہ بے حد مایوس سا نظر آتا اور بیوی سے بار بار مانگ کر پانی پیتا رہتا۔ نلکی لگے رہنے کا سب سے بڑا فائدہ یہ تھا کہ بستر اور کپڑے خراب نہیں ہوتے تھے۔ وہ نلکی کو تھامے ہوئے ہی دھیرے دھیرے چلتا ہوا باتھ روم تک بھی چلا جایا کرتا یا کبھی کبھی برآمدے میں بڑی کرسی پر بیٹھ جایا کرتا لیکن وہاں بھی اس کی تمام تر توجہ اور دلچسپی اس بات میں ہوتی کہ پیشاب کتنے ملی لیٹر ہو گیا ہے۔ لیکن یہ نلکی ایک ساتھ بیس بائیس دن سے زیادہ عرصے کے لیے نہیں لگائی جا سکتی تھی۔ اس کا بلڈ شوگر بھی عام طور سے نارمل سے زیادہ ہی رہتا تھا اس لیے زخم ہو جانے کا خطرہ مول نہیں لیا جا سکتا تھا۔ چنانچہ ایک معیّن مدت کے بعد ڈاکٹر کو اسے نکالنا ہی پڑا۔

جب اس کی بیوی اس کی دبلی پتلی کمزور ٹانگوں　کو رگڑ رگڑ کر ایک تولیے سے صاف کر رہی تھی تو اسے بے اختیار اپنا بڑا بیٹا یاد آ گیا۔ بالکل ایسے ہی چھوٹا سا شیر خوار بچہ اس کے برابر میں بستر پر پڑا رہتا تھا اور گندا ہو جانے پر بالکل اسی طرح وہ اس کی ٹانگوں اور رانوں کو تولیے سے صاف کیا کرتی تھی، اس کے نچلے جسم اور ٹانگوں کی بناوٹ بالکل اپنے باپ کے نچلے جسم

اور ٹانگوں سے ملتی جلتی تھی۔ ایک لمحہ کے لیے بیوی نے غور سے اس کے چہرے کی طرف دیکھا اور پل بھر کو اسے ایسا محسوس ہوا جیسے اس کا چہرہ کچھ اس طرح بگڑنے لگا تھا جیسے وہ رونے والا ہو۔ بالکل اپنے بچے کی طرح جو ایسے موقعوں پر پیشانی پر بل ڈال کر اور منہ کھول کر رونے لگتا تھا۔

''کبھی کبھی دوسری طرف بھی کروٹ لے لیا کرو۔ ایک ہی کروٹ پڑے رہتے ہو۔ اس سے بیڈ سور...... جسم پر زخم ہو جاتے ہیں۔'' بیوی نے اسے دوسری طرف کروٹ دلواتے ہوئے کہا۔ کروٹ دلاتے ہوئے اسے اس کے جسم سے کھراند اور ہلکی سی بدبو کا احساس ہوا۔ اسی وقت اسے اس کے کولہے پر ایک بڑا سا سفیدی اور سرخی ملا چکتہ دکھائی دیا۔ یہ بیڈ سور (Bed Sore) تھا اور وہ جانتی تھی کہ یہ کتنا خطرناک ثابت ہو سکتا تھا۔ اکثر اس نے ایسے مریضوں کو دیکھا تھا جن کے عرصے تک صاحب فراش رہنے کی وجہ سے اور ٹھیک سے صفائی نہ ہونے کی وجہ سے یہ زخم ہو گئے تھے۔ یہاں تک کہ وہ سڑنا شروع ہو گئے تھے اور ان میں کیڑے پڑ گئے تھے۔ زیادہ تر یہی زخم ان کی موت کے باعث بنے تھے۔

''کل نہا لینا۔'' وہ اس کے جسم کو لحاف سے ڈھکتی ہوئی دھیرے سے بولی۔

باہر تیز ہوا کے جھکڑ چل رہے تھے اور کمرے کا دروازہ اکثر زور زور سے ہلنے لگتا تھا۔

''ابھی اسی کروٹ سے لیٹے رہنا۔'' اس نے تاکید کی اور لائٹ آف کر کے اپنے بستر پر لیٹ گئی۔ وہ خود بھی کافی کمزور ہو گئی تھی اور جاڑوں بھر اس کی سانس پر زور رہتا تھا۔ اس وقت بھی اس کی سانس زور زور سے چلنے لگی تھی اور اسے یہ فکر لاحق ہو گئی تھی کہ اگر وہ اسی طرح ایک کروٹ سے پڑا رہا تو بیڈ سور کبھی ٹھیک نہیں ہو سکتا۔

مگر مسئلہ دراصل کچھ اور تھا۔ اس کا پلنگ کمرے کی دیوار سے بالکل سٹا ہوا تھا اور پلنگ سے ملی ہوئی ایک چھوٹی سی لکڑی کی گول میز پڑی ہوئی تھی جس پر اس کے کاغذ، زیادہ تر پرانے اخبار، کتابیں اور قلم پڑے رہتے تھے۔ کمرے کا بلب کچھ اس پوزیشن سے لگا تھا کہ میز کی طرف کروٹ لینے پر ہی وہ پڑھ یا لکھ سکتا تھا۔ دوسری طرف کروٹ لینے پر دیوار تھی اور خود اس کی پرچھائی روشنی کا راستہ روک لیتی تھی اور وہ کچھ بھی نہیں پڑھ سکتا تھا صرف دیوار کو گھور سکتا تھا اور دیوار کا مٹمیلا پینٹ اور جگہ جگہ سے ادھڑا ہوا پلاسٹر نہ جانے کون کون سی بے معنی اشکال بنا بنا کر اسے خوف زدہ سا کرتا رہتا اور وہ پھر سے دوسری جانب کروٹ لے لیا کرتا۔ دوسری بات

یہ تھی کہ اسی کروٹ پر اس کا جسم خود کو سب سے زیادہ آرام دہ حالت میں محسوس کرتا تھا اور اسے نیند آجاتی تھی۔

وہ سویا نہیں تھا۔ جب بیوی بستر پر لیٹ گئی تو اس نے تاریک کمرے میں آنکھیں پھاڑ پھاڑ کر گھورنا شروع کر دیا۔ کہیں پر کچھ بھی نہیں دکھائی دے رہا تھا۔ باہر بالکل سناٹا تھا لیکن پھر دور سے پولیس سائرن والی گاڑی کی آواز رات کی دہشت کو بڑھاتی ہوئی گزرتی چلی گئی۔ آج کل ملک بدترین حالات سے دوچار تھا۔ اس شہر میں بھی کرفیو لگا ہوا تھا۔ رات بھر سی۔ آر۔ پی کے گشت ہوتے رہتے اور پولیس سائرن گونجتے رہتے۔

چھت پر ایک آہٹ سی ہوئی۔ ''شاید بلّی ہوگی۔'' اس نے سوچا۔

کالے رنگ کی ایک جنگلی بلّی کچھ دنوں سے ان سے مانوس ہوگئی تھی۔ دن بھر اس کے کمرے میں پڑی رہتی اور راتوں کو ویران چھتوں اور منڈیروں پر آوارہ گھومتی۔ کبھی کبھی سردی سے پریشان ہو کر یا تھک کر وہ آدھی رات میں ہی نیچے چلی آتی اور کمرے کے بند دروازے پر پنجے مار مار کر اور مسکین آواز میں بول بول کر انہیں جگا دیا کرتی۔ ایسے وقت اس کی بیوی کو اٹھ کر کمرے کا دروازہ کھولنا پڑتا۔ اس وقت بھی بلّی ہی تھی۔ اس نے دروازے پر پنجے مارنے کی آواز سنی۔

''سنو...... آگئی ہے۔'' اس نے لگ بھگ چیخ کر کہا۔ اکثر وہ اپنے لہجہ، بات اور آواز میں کوئی تال میل برقرار نہیں رکھ پاتا تھا۔ کبھی کبھی جو بات وہ سرگوشی یا دھیمے سے کہنا چاہتا تھا اسی بات کو کہتے وقت اس کا لہجہ غیر معمولی طور پر بلند ہو جاتا تھا۔

''دروازہ کھول دو ...... وہ آگئی ہے۔'' اس نے دوبارہ بہت زور سے کہا۔ اسے اپنے اوپر بھی جھنجھلاہٹ ہو رہی تھی کیونکہ اچانک وہ آنے والی شے کا نام بھول گیا تھا۔

''ایک آفت ہے...... یہ بلّی تو پیچھے ہی پڑ گئی ہے۔'' بیوی بڑبڑائی ...... لیکن نہ اٹھنا بھی اس کے لیے ممکن نہیں تھا کیونکہ وہ بے زبان جانوروں پر بہت مہربان تھی۔

''کھولو...... دروازہ کھولو۔'' وہ پھر چیخا۔

''خدا کے واسطے دھیرے سے بولا کرو۔''

دروازہ کھولتے ہی کمرے کی تاریک دیواروں پر دو روشن شیشے جیسی آنکھیں بھٹکنے لگیں۔

''لائٹ آن کردو۔'' اس نے کچھ اس انداز اور اشارے سے کہا جو صرف اس کی بیوی ہی سمجھ سکتی تھی۔

''کیوں...... ابھی تو رات کا ڈیڑھ بجا ہے۔''

''پڑھوں گا۔'' اس نے جذبات سے عاری لہجہ میں کہا اور پھر میز کی طرف کروٹ لے لی۔

بیوی نے ایک لمحہ کے لیے کچھ سوچا اور پھر لائٹ آن کردی۔ تب اس نے اس کی طرف مڑ کر دیکھا۔ وہ ٹکٹکی باندھے اس کی طرف دیکھے جارہا تھا لیکن وہ جانتی تھی کہ جب وہ اس طرح کسی کی طرف دیکھتا ہے تو دراصل کسی کو بھی نہیں دیکھتا۔ بلی اس کے پلنگ کے نیچے جابیٹھی تھی۔ بیوی دوبارہ جا کر لیٹ گئی۔

اب وہ کروٹ لیے لیٹا تھا اور اس کی نظریں میز پر رکھے اخباروں پر جم گئی تھیں۔ ایک اخبار میں بڑے بڑے گنبدوں کی تصویریں تھیں۔ گھنے درختوں کے درمیان وہ بالکل خاموش کھڑے تھے اور ان پر جگہ جگہ سے کائی اور خودرو گھاس اُگ آئی تھی۔ کچھ دور پر کسی ندی کے ویران کناروں پر پانی ہلکورے لے رہا تھا۔ تصویر کے ساتھ ہی کوئی سرخی بھی جمی تھی لیکن اخبار اس طرح مڑ گیا تھا کہ سوائے لفظ ''ڈھانچہ'' کے اور کچھ نہیں پڑھا جاسکتا تھا۔

''ڈھانچہ...... یہ بے وقوف ڈھانچے کے بارے میں کیا جانتے ہیں!'' اس نے کمزور اور کانپتی ہوئی آواز میں کہا مگر اس کی سانسوں کا اتار چڑھاؤ اور چہرے کا تشنج یہ بتا رہا تھا کہ وہ جملہ دراصل بہت زور سے اور لگ بھگ گرج کر کہنا چاہتا تھا۔

''کیا آج تمھیں نیند بالکل نہیں آرہی ہے۔'' بیوی نے اکتا کر کہا۔

''سنو...... میں نے ان بے وقوفوں کی آنکھیں کھولنے کے لیے یہ مضمون لکھا ہے۔'' اس نے میز پر سے کاغذوں کا ایک پلندہ اٹھاتے ہوئے کہا۔

''بے وجہ کیوں تھک رہے ہو۔ اپنی بیماری کا خیال کرو۔ ہر وقت دماغ کو پراگندہ کیے رہتے ہو۔ تمھارا یہ مضمون ایک ماہ پہلے ہی وہاں سے ناقابلِ اشاعت کی معذرت کے ساتھ واپس آچکا ہے۔'' بیوی نے سمجھانے والے لہجہ میں کہا جس میں ہمدردی کا عنصر بھی شامل تھا لیکن وہ شاید سب سے زیادہ اسی عنصر سے نفرت کرتا تھا۔

''گدھے ہیں...... ناقابلِ اشاعت...... کیونکہ میں سچ کے سوا اور کچھ بھی نہیں لکھتا...... یہ جاہل جانتے بھی ہیں کہ ڈھانچہ کیا ہوتا ہے...... سنو تم سنو میں نے کیا لکھا ہے۔''

اس کا چہرہ لال ہو گیا اور دھونکنی چلنے لگی۔ وہ اپنی سانس پر قابو پانے کے لیے رک گیا پھر تھوڑا اور آگے پلنگ کی پٹی پر کھسک آیا اور دائیں کہنی کو بستر پر ٹکا کر اپنی ہتھیلی میں چہرہ دبا کر اس پلندے میں سے کچھ پڑھنے لگا۔ ہتھیلی میں چہرہ اس طرح دب گیا تھا کہ اس کا گال اور ہونٹوں کا آدھا حصہ اوپر کان کی طرف کھنچنے لگا تھا جس سے اس کی آواز کچھ اور بدل گئی تھی۔ اس کی بیوی کو یہ آواز غیر معمولی طور پر رحم کے قابل لگی۔

''جہاں تک ڈھانچے کا سوال ہے تو انسانی ڈھانچے میں دو سو چھ ہڈیاں ہوتی ہیں۔ دوسرے جانوروں میں ان کی تعداد مختلف ہو سکتی ہے۔ ڈھانچہ ہی جسم کو حرکت میں لانے کا فریضہ انجام دیتا ہے۔ یہی نہیں دراصل ڈھانچہ ہی جسم کو ایک ہیئت بخشتا ہے اور سب سے بڑھ کر تو یہ کہ ان ہڈیوں کے گودے میں ہی خون کے لال ذرات پیدا ہوتے ہیں۔ جہاں تک ہڈیوں کی تعداد کا سوال ہے تو کھوپڑی میں کل ملا کر چودہ ہڈیاں ہوتی ہیں اور چہرے میں آٹھ مختلف قسم کی ہڈیاں ہوتی ہیں لیکن بعض ماہرین کا خیال ہے کہ یہ ترتیب اس طرح سے ہے کہ بازو میں کاندھے سے لے کر انگلیوں تک بتیس ہڈیاں...... '' اب وہ باقاعدہ انسانی ڈھانچے کی باریک سے باریک تفصیلات بیان کر رہا تھا۔ اس کی بیوی اسے ترحم سے دیکھے جارہی تھی۔ وہ یہ مضمون ایک بار پڑھ چکی تھی اور اسے اس میں کوئی بھی ربط یا توازن نظر نہیں آیا تھا۔ آگے چل کر اس مضمون میں رینگنے والے جانوروں سے لے کر پرندوں تک کے ڈھانچے اور ان میں پائی جانے والی ہر طرح کی ہڈیوں کی اقسام کا بیان کیا گیا تھا۔ اس کے بعد اچانک یہ مضمون اپنا رخ تاریخ کی طرف موڑ لیتا تھا اور مختلف ادوار میں پائے جانے والی طرزِ تعمیر کو بیان کرنے لگتا تھا لیکن اس کے درمیان ہی مضمون میں لسانیات، فلسفہ، زبان اور الفاظ کے بارے میں چند مبہم سے دلائل دیئے جانے لگے۔ اس کو اونگھ سی آنے لگی۔

''جانداروں کے ڈھانچے ہی باقیات یا فاسل کی شکل میں موجود رہ کر زمینی زندگی کی گتھی کو سلجھانے میں مدد دیتے رہے ہیں۔'' وہ پڑھتے پڑھتے رک گیا، سانس پھولنے لگی تھی اور وہ ہاتھ جو کہنی کے بل رکھا ہوا تھا سرد فضا کے باعث سن ہو گیا تھا۔ اس نے دھیرے دھیرے ہاتھ کو چہرے سے ہٹایا۔ ایسا کرنے میں اس کا سر جھٹکے کے ساتھ تکیے پر جا گرا۔ پھر وہ بہت آہستہ آہستہ ہاتھ کو خلا میں گردش دینے لگا۔ خون کا دوران واپس آ رہا تھا اس لیے تکلیف دہ سی جھنجھناہٹ کی وجہ سے اس نے جبڑے بھینچ لئے۔ کاغذوں کا پلندہ دوسرے ہاتھ سے نکل کر سینے پر آ گرا تھا۔ اس کی بیوی کروٹ لیے پیر سکوڑے لیٹی تھی اور شاید غنودگی کی حالت میں تھی۔

''ایک زمانہ تھا جب گھونگے، سمندری گھاس، جیلی فش اور سیوار پانی میں تیرتے پھرتے تھے۔ ہڈیوں سے خالی لیکن پھر وہ وقت بھی آیا جب ریڑھ کی ہڈی والے جاندار نمودار ہوئے اور ساری زمین پر چھا گئے۔'' پڑھتے پڑھتے اچانک وہ اس طرح چیخا جیسے کسی سے گفتگو کرتے کرتے اسے بے حد غصہ آگیا ہو۔ اس کی بیوی بری طرح چونک گئی اور بستر پر اٹھ کر بیٹھ گئی۔

''کیوں چلا رہے ہو۔ نہ خود چین لوگے نہ لینے دوگے۔'' اس نے بے حد ناگواری سے کہا اور آنکھوں کو ہاتھوں سے مسلنے لگی، لیکن اس نے بیوی کی طرف دیکھا بھی نہیں۔ اب وہ مضمون کو کچھ اس طرح پڑھنے لگا جیسے کسی کے کان میں سرگوشیاں کر رہا ہو۔ اس کی بیوی خاموشی سے اسے دیکھے جارہی تھی۔ پڑھتے پڑھتے تھوڑی دیر بعد پھر اس کی آواز کچھ بلند ہونے لگی۔

''سادہ ساخت والے نازک جانداروں سے پیچیدہ ساخت والے سخت ہڈی دار جانداروں کے درمیان لاکھوں برس کا طویل سفر تھا مگر ارتقاء کے مسافروں نے اسے طے کر ہی لیا۔''

اس کی آواز پھر کچھ اس طرح دھیمی ہوگئی جیسے اب وہ جو کچھ پڑھ رہا تھا اس کی کوئی خاص اہمیت نہ ہو۔ تھوڑی دیر تک اسی طرح پڑھتے رہنے کے بعد اچانک پھر اس کا لہجہ جوش سے بھر گیا۔ اس کا کمزور سینہ بار بار پھولنے پچکنے لگا۔

''انسانوں اور بندروں میں کوئی خاص فرق نہیں سوائے اس کے بندر صدیوں سے مداری کے ساتھ تماشا دکھا رہا ہے اور اس کی تھوتھنی کی مضحکہ خیز بناوٹ سے ہر وقت ایک اداسی خارج ہوتی رہتی ہے جس پر ناسمجھ لوگ اکثر ہنس بھی دیتے ہیں۔ ہوسکتا ہے کہ یہ ارتقا کے سفر میں انسان سے پیچھے رہ جانے کا دکھ ہو یا اپنی ران کی ہڈی مڑے ہونے کا غم ہو جس کی وجہ سے وہ بے چارہ انسان کی طرح سیدھا ہو کر نہیں چل سکتا۔''

''اچھا خدا کے لیے اب خاموش ہو جاؤ۔ دماغ کو سکون دو۔'' بیوی نے پریشان ہو کر کہا۔ اس نے خالی خالی نظروں سے بیوی کی طرف دیکھا اور زور سے کھنکارا۔ حلق بے حد خشک ہو رہا تھا۔ وہ منہ میں رال پیدا کرنے کی کوشش کرنے لگا۔ صفحہ پلٹتے ہوئے ایک بار پھر اس نے بیوی کی طرف اسی انداز سے دیکھا اور زور زور سے پڑھنے لگا۔

''گنبد پر چڑھے ہوئے ان انسانوں کا سمندر میں تیرتے پھرتے گھونگوں اور درختوں پر بیٹھے بندروں سے کیا رشتہ ہے دراصل یہی وہ مسئلہ ہے جسے سب سے پہلے حل کرنا لازم ہے۔''

اس کی بیوی نے ایک لمبی سی سانس لی اور لیٹ کر دوسری طرف کروٹ لے لی اور اب جبکہ وہ اس کی شکل نہیں دیکھ رہی تھی صرف آواز سن رہی تھی تو اسے محسوس ہوا کہ یہ آواز ایک شدید قسم کے دکھ اور کرب سے لبریز تھی اور پرچھائیں بن کر کمرے کی دیواروں پر رینگ رہی تھی۔ اس کا دل گھبرانے لگا۔

بیوی نے پھر اس کی طرف کروٹ لے لی۔

''سنو...... باقی کل سنا دینا۔ اب نیند آ رہی ہے۔ تم بھی سو جاؤ۔'' اس نے بے چارگی سے کہا۔

''ڈھانچے کے بارے میں شکوک و شبہات ختم ہونے کے بعد لازمی طور سے تعمیرات اور طرزِ تعمیرات کا مسئلہ صاف ہو جانا چاہئے، تو اس سلسلے میں میرا کہنا ہے کہ......'' وہ پل بھر کو رک گیا۔ باہر تیز ہوا کے دوش پر پولیس کی گاڑی سائرن دیتی ہوئی نکل گئی۔ اس نے کاغذوں کا پلندہ ایک طرف رکھ کر ہاتھ کی مٹھی بار بار کھولنا اور بند کرنا شروع کر دیا۔ اتنی دیر سے کاغذات کو اونچا کر کے تھامے رہنے کی وجہ سے اس کا ہاتھ درد کرنے لگا تھا۔ اس نے صفحہ پلٹا اور ایک نظر بیوی کی طرف ڈالی پھر مضمون کی طرف متوجہ ہو گیا۔

بیوی نے مجبور ہو کر آنکھیں بند کر لیں۔ وہ سمجھ گئی تھی کہ اب مضمون کو پورا ختم کرنے سے پہلے وہ نہیں سوئے گا۔ پلنگ کے نیچے سے بلّی کے اپنا جسم چاٹنے کی آواز آ رہی تھی۔ تھوڑی دیر تک بلّی کے جسم چاٹنے کی صدا اور اس کے مضمون پڑھنے کی آواز ساتھ ساتھ آتی رہیں، پھر صرف اس کی آواز باقی رہ گئی۔

پتہ نہیں کیوں اس کی بیوی کو اب ایسا محسوس ہوا جیسے اس کے مضمون پڑھنے کی صدا دھیرے دھیرے ایک لوری میں تبدیل ہوتی جا رہی تھی۔ اس کی آنکھوں کو نیند پھر سے بوجھل کرنے لگی۔ اسے لگا جیسے کمرے کا بلب بجھ گیا ہو۔

''ہندوستان میں مسلمان گنبد، مینار اور ڈاٹ لائے۔ مسلمانوں کو محرابوں کا علم تھا اس لیے انہیں کھمبوں کی کوئی ضرورت نہیں تھی۔ تعمیرات فطری مظاہر کی طرح ہوتی ہیں۔ چیتیہ ہو یا وہار، استوپ ہو یا زرتشتی قربان گاہیں، تعمیرات دراصل سرخی، مٹی، چونے اور گارے کے علاوہ

اور کچھ بھی نہیں ہیں۔ تعمیرات بطور جُزمٹی کے ایک ایک سالمے میں محفوظ رہتی ہیں۔ کبھی کبھی خود کو ظاہر کرتی ہیں اور مکان و زمان کو کہیں سے گھیرتے ہوئے ویران اور اجاڑ پڑی زمین پر نمودار ہو جاتی ہیں اور کبھی مٹی کی پرتوں میں چھپے ہوئے سالموں میں خود کو معدوم کر لیتی ہیں۔ تعمیرات کی حقیقت مختلف طرزوں اور نقشوں سے ماورا ہے۔ مسئلہ صرف 'ظاہر' ہو جاتا ہے۔''

اس نے صفحہ پلٹا۔ اس کی بیوی بے خبر سو رہی تھی اور اس کی سانس کچھ اس طرح چل رہی تھی جیسے وہ جلد ہی بلند خراٹے لینا شروع کردے گی۔ اس نے کوئی پروا نہیں کی اور اس بار کچھ اس طرح ٹھہر ٹھہر کر پڑھنا شروع کر دیا جیسے کسی مجمع کے آگے تقریر کر رہا ہو۔

''ہمیں اشیاء کو ان کے اصل روپ میں دیکھنا چاہئے۔ لفظ کی اضافی حیثیت ہوتی ہے اور صداقت لفظوں یا گفتگو کے ذریعہ بیان نہیں کی جاسکتی اس لیے میں سرکار، قانون اور ماہر عمرانیات یا مورخ کو یہ مشورہ دینا چاہوں گا کہ اس نکتے کو ہمیشہ مدِ نظر رکھے کہ دنیا کے سارے اختلافات محض زبان و بیان کی غلطیوں اور اشیاء کے باہمی ناموں کے درمیان جڑے ایک رسمی سے تعلق کی بنا پر ہی ہیں۔ علت و معلول کے درمیان ہمیشہ سے ایک غلط رشتہ قائم ہوتا رہا ہے اور اکثر ہمارے ادراک کو دھوکا دیتا رہا ہے۔''

اچانک اسے اپنے حلق میں عجیب سی کڑواہٹ کا احساس ہوا۔ اس کے منہ سے رال ٹپک رہی تھی جسے اس نے بے دلی سے قمیص کی آستین سے پونچھ دیا۔ بیوی کے خراٹے شروع ہو گئے تھے۔

اس بار اس نے قریب قریب مسکراتے ہوئے پڑھنا شروع کر دیا۔

''جہاں تک ہمارے شاعر اور ادیب حضرات کا سوال ہے تو ان کے لیے اس مسماری کے بعد صرف ایک ایسا منظر ہے جو ان کی تخلیقات کا موضوع بن سکتا ہے۔ مثال کے طور پر اگر وہ اس احساس کو پاسکیں کہ...... ساڑھے چار سو سال پرانی مٹی جب بلندی سے زمین پر آگری ہوگی تو وہاں کیسی بھیانک اور دردناک آواز گونجی ہوگی اور اس مٹی میں پوشیدہ حشرات الارض بے چین دبے گھر ہو کر ایک ایسی ہجرت کی تلاش میں بھٹک رہے ہوں گے جواب ان کا مقصد نہیں۔ اس ندی کے کنارے اور بھی ہیبت ناک اور پُر آسیب ہو گئے ہوں گے۔ یہ بھی غور کرنے کی بات ہے کہ اب وہاں سورج کے تیور بدل گئے ہوں گے۔ دھوپ کسی اور چال اور انداز سے وہاں بکھرتی ہوگی اور ہوا کے آنے جانے میں بھی اتنا فرق ضرور پڑا ہوگا کہ آس پاس

کے درخت تیزی سے ہلنے لگے ہوں یا یہ بھی ہو سکتا ہے کہ بالکل ہی ٹھہر گئے ہوں۔ اس بارے میں واضح طور سے کچھ نہیں کہا جا سکتا۔''

وہ پڑھتے پڑھتے رک گیا۔ ایک دم سے اسے شدید قسم کی سردی لگنا شروع ہو گئی تھی۔ ٹھیک اسی وقت اسے اس حقیقت کا علم ہوا کہ اس کی تحریریں بے ربط اور بے موقع ہیں، دراصل وہی چیز نہیں لکھی جا رہی تھی جسے لکھنے کا اس نے ارادہ کیا تھا۔ اس کی تحریروں میں آپسی منطقی تعلق بھی نہیں تھا۔ وہ جو نہیں لکھ سکا تھا 'سچ' تھا۔ لکھتے لکھتے وہ کہیں گم ہو گیا تھا۔ اس مضمون میں اس نے جو بھی لکھا تھا وہ بھی سچ تھا لیکن ایسا سچ جو الفاظ یا زبان سے ماورا نہیں تھا اور اضافی نوعیت کا تھا۔ ساتھ ہی اسے اس بات کا بھی علم ہوا کہ اب ان بے ربط تحریروں میں کوئی ربط تلاش کرنا یا کسی کلی نوعیت کی صداقت کو کھوجنا بالکل بے معنی اور بے سود تھا۔ وہ بھٹک گیا تھا لیکن اس گم ہوئے ربط اور توازن کو دوبارہ حاصل کرنے کے تصور نے ہی اس کے ذہن اور دماغ کو ایک تکلیف دہ احساس سے دوچار کرا دیا۔ ایک شدید قسم کی اذیت ناک اداسی نے اسے جکڑ لیا۔ اسے لگا جیسے اسے بخار چڑھ رہا ہو۔ تب وہ چت ہو کر لیٹ گیا اور کاغذوں کے پلندے کو مایوسی کے ساتھ ایک طرف ڈال دیا۔ نہ جانے کہاں سے نیند آ کر اس کی آنکھوں کو بھاری کرنے لگی۔ بلب کی پیلی پیلی روشنی آنکھوں میں کھٹک رہی تھی۔ اس نے لحاف سے منھ ڈھک لیا لیکن لحاف کے چھدرے پن میں روشنی کا احساس باقی تھا۔ اس نے نیند سے بوجھل ہوتی ہوئی آنکھوں کو سختی سے بند کر لیا۔

کسی بھی قسم کی روشنی میں جو نیند لی جاتی ہے وہ اس نیند سے بالکل مختلف ہوتی ہے جو پرسکون اندھیرے میں آتی ہے۔ روشنی میں آئی ہوئی نیند کچھ بے چین اور اکتائی اکتائی سی ہوتی ہے۔ اس نیند میں عجیب بے تکے مگر اداس کر دینے والے منظر بھی شامل ہوتے ہیں۔

اس نے دیکھا وہ اسکول کا بستہ لیے خاموش اپنے آبائی مکان کے ایک کونے میں کھڑا تھا۔

''جاؤ جا کر نیکر قمیص بدل لو اور دیکھو دونوں وقت مل رہے ہیں۔ مغرب کی اذان ہونے والی ہے۔ امتحان میں پاس ہونے کی دعا مانگنا۔'' ماں نے اس کے سر پر ہاتھ پھیرتے ہوئے کہا۔

وہ اس کونے سے نکل کر اس کھنڈر نما مکان کے بہت بڑے مگر ویران سے آنگن میں آ کھڑا ہوگیا۔ امرود کا ایک بڑا گھنا درخت آنگن میں کھڑا تھا جس کے اوپر سے شام پھسلتی چلی جا رہی تھی۔ تب ہی قریب کی مسجد سے مغرب کی اذان کی آواز آنے لگی۔ اس کی ماں نے اپنے سفید دوپٹے سے سر کو اوڑھ لیا۔ وہ اپنے دل میں ایک عجیب سی پاکیزگی اترتی ہوئی محسوس کرنے لگا۔

وہ بہت تیز تیز سڑک پر بھاگتا چلا جا رہا تھا۔ آگے آگے اس کی سرخ رنگ کی ربڑ کی گیند تھی لیکن پھر یہ گیند اس کی نظروں سے اوجھل ہوگئی اور اس نے خود کو مجرم سا بنا ہوا ماں کے سامنے کھڑا دیکھا۔

''اب تمہارے اوپر نماز فرض ہے اور تم کو وضو کرنا بھی نہیں آتا۔ چلو بیٹھ کر وضو کرو۔ نیت کرو کہ میں وضو صرف ثواب اور خدا کی رضا مندی حاصل کرنے کی غرض سے کر رہا ہوں۔''

ٹھنڈے ٹھنڈے پانی میں اس کا چہرہ اور ہاتھ بھیگنے لگے۔

''ہاں اب چوتھائی سر کا مسح کرو اور پاؤں کو ٹخنوں سمیت دھو کر اٹھ جاؤ۔''

''اَللّٰهُمَّ اجْعَلْنِي مِنَ التَّوَّابِيْنَ وَاجْعَلْنِي مِنَ الْمُتَطَهِّرِيْنَ.''

وہ اٹھ کر کھڑا ہوگیا۔ اسے لگا جیسے اس کی سانولی رنگت پہلے سے کچھ نکھر آئی ہے۔

''چلو نماز پڑھ لو۔ نماز تو تمہیں یاد ہے نا۔'' تین دروں والے ایک بڑے سے دالان کے نسبتاً صاف گوشہ میں ایک جانماز پڑی تھی۔ دالان کی دیوار پر بڑے بڑے مکڑی کے جالے لٹک رہے تھے۔

''نہیں پہلے مجھے گود میں لو۔'' اس نے ضد کی۔

''اتنے بڑے بچے گود میں نہیں چڑھتے ہیں۔''

''نہ...... پہلے گود میں لو۔'' وہ پھر مچلا۔

دو نرم نرم بازو اس کی طرف لپکے اور اسے گود میں اٹھا لیا۔ چاروں طرف روشنی سی ہو گئی۔ ماں کے بوسیدہ سوتی کپڑوں سے ایسی خوشبو آ رہی تھی جو باورچی خانے میں داخل ہوتے ہی آتی تھی۔

''میں دیکھتی ہوں تمہارا دل نماز میں بالکل نہیں لگتا۔ اچھے بچے ایسا نہیں کرتے۔ اللہ ناراض ہوتا ہے۔ آخر تمہیں تکلیف کیا ہوتی ہے نماز پڑھنے میں۔'' ماں کی آواز خشمگیں ہے مگر ماں کا چہرہ دکھائی نہیں دیتا۔

''میرے گھٹنے چھل جاتے ہیں۔'' وہ ڈرتے ڈرتے بولا۔

''کمبخت...... خدا سے توبہ کر، ابھی توبہ کر ورنہ عذاب پڑے گا۔''

ماں زور سے چلائی اور اسے دونوں ہاتھوں سے پیٹنے لگی۔

اچانک آسمان میں بہت سی لال پیلی پتنگیں اڑنے لگتی ہیں اور وہ آسمان کی طرف سر اٹھا کر گھر سے باہر چلا جاتا ہے لیکن نہ جانے کیسے چلتے چلتے خود کو اپنے محلے کی مسجد میں پاتا ہے اور سب کے ساتھ نماز پڑھنے لگتا ہے۔ نماز پڑھنے میں اس کا دھیان بار بار اپنے پیروں کی طرف چلا جاتا۔ سوکھے ہوئے کالے سے پیر جن پر بھدی سی رگیں ابھری ہوئی تھیں اور انگوٹھوں کی بدنما بناوٹ...... ٹیڑھے میڑھے سے بڑھے ہوئے ناخن جن میں کالا کالا سا میل بھرا ہوا تھا۔ وہ سجدے میں جانا بھول گیا۔ تمام جماعت سر بہ سجود تھی اور اکیلا پشیمان پشیمان سا اپنے بدنما پیروں کو دیکھے جا رہا تھا۔ آندھی کا سا ایک جھونکا آیا جس نے اسے مسجد سے اٹھا کر باہر پھینک دیا۔ اب وہ سڑک پر گندگی اور کوڑے کے ایک ڈھیر پر گرا پڑا تھا اور اس کے جسم پر ایک بھی کپڑا نہ تھا۔ وہ شرم سے پانی پانی ہوا جا رہا تھا اور لاکھ کوشش کے باوجود اٹھ نہیں پا رہا تھا جیسے معذور ہو گیا ہو۔ اس کے سامنے مسجد کے تین عظیم الشان گنبد تھے جن سے وقار اور پاکیزگی ٹپک رہی تھی۔ وہ یک ٹک ان گنبدوں کو دیکھنے لگا لیکن تب ہی اسے محسوس ہوا جیسے اس کے جسم اور چہرے کا تمام گوشت گل گل کر گر رہا ہو۔ اب وہاں وہ نہیں تھا اس کی جگہ صرف ہڈیوں کا ایک ڈھانچہ تھا۔ اب اس میں صرف دانت تھے، ہڈیاں تھیں اور آنکھوں کی جگہ دو غار تھے۔ یہ بہت خوفناک اور بھیانک شکل تھی۔ یہ اس کے اندر سے کون نکل آیا تھا۔ شاید وہ زور سے چیخا تھا مگر آواز اس کے حلق سے باہر نہیں سنائی دی۔ تب اسے سخت پیاس لگی۔ یکا یک یہ منظر بھی بدل گیا اور اس نے خود کو ایک بوسیدہ سی چارپائی پر سفید چادر سے ڈھکا ہوا پایا۔ اس کے دونوں انگوٹھے آپس میں کس کر باندھ دیئے گئے تھے جس کی وجہ سے وہ سر سے لے کر پیر تک ایک سا نظر آ رہا تھا بالکل سیدھا سیدھا۔ اس کی چارپائی ایک مسجد کے سامنے رکھی تھی۔ یہ ایک چھوٹی سی لکھوری اینٹوں کی بنی مسجد تھی جس کے گنبدوں میں جگہ جگہ سے سوراخ ہو گئے

تھے۔ جگہ جگہ برساتی گھاس پنپ آئی تھی جسے کچھ آوارہ چڑیاں نوچ نوچ کر اپنی چونچوں میں بھر رہی تھیں۔ آس پاس چٹیل میدان تھا۔

وہ خود اس مسجد کی ٹوٹی پھوٹی سیڑھیوں پر خاموش اور اداس بیٹھا ہوا تھا۔ سامنے اس کا جنازہ رکھا تھا۔ پھر نہ جانے کہیں سے سفید کپڑوں میں ملبوس اور ٹوپیاں لگائے چند لوگ وہاں آکر کھڑے ہو گئے۔ تب ان میں سے ایک جو شاید امام تھا میت کے سینے کے مقابل آکھڑا ہوا، باقی لوگوں نے صفیں باندھ لیں اور وہ اس کی نمازِ جنازہ ادا کرنے لگے۔ تیسری تکبیر کے بعد دعائے مغفرت پڑھی جانے لگی۔

اب پھر شام ہو رہی تھی۔ پھر دونوں وقت مل رہے تھے۔ سورج مغرب کی ڈھلان میں اتر گیا تھا اور اندھیرا سا پھیلتا جا رہا تھا۔ اسی وقت کہیں دور زور زور سے ملبہ گرنے کی آواز آنے لگی۔ پھر جیسے ایک بھونچال سا آگیا۔ اب وہ بالکل اکیلا اس ویران اور چٹیل میدان میں پریشان کھڑا تھا۔ اب نہ وہاں مسجد تھی نہ اس کا جنازہ اور نہ وہ لوگ۔ تب ہی کہیں دور سے اذان کی آواز اس کے کانوں میں پڑی۔ عجیب اداس سی آواز، اذان کی آواز کے ساتھ ہی اسے کوندے کی طرح لپکتا ہوا اپنی ماں کا صاف و شفاف چہرہ نظر آیا اور وہ زور زور سے روتا ہوا اسے ہاتھوں سے تھامنے کی کوشش کرنے لگا۔

''کیا ہے...... کیوں بڑبڑا رہے ہو۔ ہوشیار ہو جاؤ۔'' اس کی بیوی اس کے حلق سے نکلنے والی دردناک آواز کو سن کر سوتے سے جاگ پڑی۔ اس کی آنکھ کھل گئی تھی اور وہ بڑبڑا کر اٹھ بیٹھنے کی کوشش کر رہا تھا۔ لحاف اس کے اوپر سے ہٹ کر دور جا گرا تھا اور وہ بری طرح سردی سے کانپ رہا تھا۔

''کیا بات ہے، کیوں اٹھ رہے ہو۔'' بیوی تقریباً بھاگتی ہوئی اس کے پاس آگئی۔

''کچھ نہیں ...... نماز پڑھوں گا۔'' اس نے بالکل اجنبی نظروں سے بیوی کو دیکھتے ہوئے کہا۔ پچاس سالہ شادی شدہ زندگی میں پہلی بار آج اس نے اپنے شوہر کی یہ نظریں دیکھی تھیں۔ بالکل بیگانی اور حال سے غائب اور کٹی کٹی سی۔ ان آنکھوں میں کچھ ایسا تھا جسے دیکھ کر وہ ڈر گئی۔

''تم نے کبھی زندگی بھر نماز پڑھی ہے؟'' بیوی نے اس کے جسم کو لحاف سے ڈھکتے ہوئے کہا تب ہی اس کو احساس ہوا کہ وہ بخار سے جل رہا تھا۔ ''ارے کس قدر تیز بخار ہے

تمہیں اور تم بے وجہ سردی کھا رہے ہو۔ سر لحاف کے اندر کرلو۔'' بیوی نے اسے سر تک لحاف اوڑھاتے ہوئے کہا۔

''میں نماز پڑھوں گا۔ ابھی اذان ہوئی ہے۔'' وہ لگ بھگ گڑگڑا کر بولا۔

''اذان...... ابھی تو رات ہے۔ اگر دل گھبرا رہا ہو تو تھوڑا سا دودھ گرم کر کے لے آؤں؟'' بیوی نے فکر مند لہجہ میں کہا۔

''میں نماز پڑھوں گا۔'' اس نے اس طرح جواب دیا جیسے بیوی کی بات سن ہی نہیں سکا تھا۔

ایک پل کے لیے بیوی کے دل کو ایک بھیانک اندیشے نے گھیر لیا۔ بخار کی شدت کی وجہ سے یہ آج بالکل ہی بہکی بہکی باتیں کر رہے ہیں۔ اس نے سوچا۔ پھر اس نے دل ہی دل میں جلدی سے صبح ہو جانے کی دعا مانگی۔ اب اسے اس رات سے گھبراہٹ سی ہونے لگی تھی۔ خود اسے بھی بے حد سردی محسوس ہونے لگی۔ کمرے کی لائٹ آف کر کے وہ اپنے پلنگ پر لیٹ گئی۔

وہ چپ چاپ آنکھیں بند کیے لیٹا تھا۔ یہ سچ تھا کہ بچپن کو چھوڑ کر اپنی تمام زندگی میں اس نے کبھی نماز نہیں پڑھی تھی۔ مذہب سے اسے کبھی کوئی لگاؤ ہی نہیں رہا تھا۔ بچپن میں بھی جہاں تک اس کو یاد پڑتا تھا جب بھی اس نے نماز پڑھی تھی تو اس کا دھیان نماز میں کم اور اپنے اور جماعت میں کھڑے دوسرے لوگوں سے اپنے پیروں کا موازنہ کرنے میں زیادہ لگا رہتا تھا۔

جب کمرے میں اندھیرا ہو گیا تو اس نے پھر سے لحاف سر سے ہٹا دیا اور تاریکی میں گھورنے لگا۔ بے اختیار اسے اپنی ماں یاد آنے لگی۔ پل بھر کے لیے اس نے خود کو چھوٹا سا بچہ تصور کیا اور بے اختیار دوسری طرف کروٹ لیتے ہوئے اپنے ہاتھ اس طرح پھیلائے جیسے وہ اس کروٹ لیٹی اپنی ماں کے گلے میں حمائل ہو جانا چاہتے ہوں لیکن وہ ہاتھ صرف اندھیرے میں لپٹی دیوار سے ٹکرا کر بستر پر جھول گئے۔ اس کی آنکھوں میں آنسو تیرنے لگے۔ تمام جسم تیز بخار سے جل رہا تھا لیکن پیر برف کی طرح ٹھنڈے ہونے لگے تھے۔ اس نے بے حد کس کر آنکھیں بند کرلیں اور آنسو اس کی بڑھی ہوئی بے ترتیب داڑھی میں جذب ہونے لگے۔

اب باہر پھر کوئی کتا بھونک رہا تھا۔ اس بار بجائے پولیس کی گاڑی یا سائرن کے اسے دور سے ہواؤں پر بھٹکتی ہوئی کسی ریل گاڑی کی سیٹی کی آواز سنائی دی۔ ہواؤں کی اپنی ایک چھٹی حس ہے جس سے وہ گزرتے ہوئے وقت کو پہچان لیتی ہیں اور اپنے انداز بدل دیتی ہیں۔ باہر چلنے والی ہواؤں کی رفتار پہلے سے کم ہوگئی تھی اور اب وہ ٹھہر ٹھہر کر چل رہی تھیں۔ تھکی تھکی اور اداس سی۔ اسی سے اندازہ لگایا جاسکتا تھا کہ رات قریب قریب گزر چکی تھی اور پو پھوٹنے کا وقت زیادہ دور نہیں تھا۔

اچانک وہ پھر ہڑبڑا کر اٹھ بیٹھا۔ کہیں دور فجر کی اذان ہورہی تھی۔

''میں نماز پڑھوں گا۔'' وہ شاید چیخ کر یہ کہنا چاہتا تھا لیکن اس کی آواز ایک سرگوشی سے زیادہ نہ ابھر سکی۔ تب ہی اسے خیال آیا کہ وہ تو پتہ نہیں کب سے ناپاک ہے۔ اسے پہلے غسل کرنا چاہئے۔ اس نے سوچا۔

لحاف کو پیروں سے دور ہٹاتے ہوئے دونوں ہاتھوں کو پلنگ کی پٹیوں پر جماتے ہوئے وہ اٹھنے کی کوشش کرنے لگا۔ آخر کار وہ سیدھا ہو کر اٹھ کھڑا ہوا۔ مدتوں سے اسی جگہ رہنے کا تجربہ اسے راستہ دکھا رہا تھا اور وہ اس اندھیرے میں بھی کمرے کا دروازہ کھول سکتا تھا۔ دروازہ کھلنے کے ساتھ ہی تیز اور سرد ہوا کا ایک جھونکا اندر چلا آیا۔ اس کا سارا جسم سخت قسم کی سردی سے کانپنے لگا اور اس کے دانت اس بری طرح کٹکٹانے لگے کہ اس کی زبان دانتوں کے درمیان پھنس گئی اور منہ سے خون کی ایک پتلی سی لکیر ہونٹوں اور تھوڑی پر رینگنے لگی۔ اب وہ بغیر سہارے کے آگے نہیں بڑھ سکتا تھا۔ اس کا تمام جسم لرز رہا تھا اور کھڑے کھڑے توازن برقرار رکھ پانا اس کے لیے ناممکن تھا۔ آخر بے حد مجبور اور لاچار ہو کر وہ فرش پر بیٹھ گیا اور چاروں ہاتھ پیروں کے سہارے گھسٹتا ہوا آگے بڑھنے لگا۔ ٹھنڈا ٹھنڈا فرش اس کے ہاتھوں، گھٹنوں اور ایڑیوں کو چبھ رہا تھا۔ مدتوں بعد آج پھر اس کے گھٹنے چھلنے لگے۔ غسل خانہ دروازے سے زیادہ دور نہیں تھا۔ پلنگ کے نیچے بیٹھی بلی اس کے ساتھ ہی کمرے سے باہر نکل آئی تھی۔ اس کی بیوی رات بھر بے چین رہنے کے بعد اس وقت شاید بے خبر سو رہی تھی۔

وہ اسی طرح غسل خانے میں داخل ہوا۔ دل ہی دل میں اس نے غسل کے تین فرائض دہرائے: تمام بدن پر پانی بہانا۔ منہ بھر کر کلی کرنا اور ناک میں پانی ڈالنا۔ سب سے

پیسے اسے اپنے تمام بدن پر پانی بہانا تھا۔ اندازے سے ٹھیک ٹونٹی کے نیچے بیٹھ کر اس نے اسے کھول دیا۔ برف جیسے ٹھنڈے پانی کا ایک ریلا اس کے سر سے لے کر پاؤں تک بہنے لگا۔ بخار کی شدت سے جلتے ہوئے بدن میں سے جیسے بھاپ سی اٹھنے لگی۔ اس کا مدتوں سے بیمار اور رعشہ زدہ جسم برفیلے پانی سے شرابور ہو کر بے حس ہونے لگا۔ پھر یونہی بیٹھے بیٹھے اس کا کمزور سر بے جان ہو کر غسل خانے کے فرش پر اس طرح ڈھلک گیا جیسے سجدہ کرنا چاہتا ہو۔

غسل خانے کے فرش پر اب تیز اور بھدے شور کے ساتھ پانی بہہ رہا تھا۔ آسمان کی سیاہی سفیدی میں تبدیل ہونے لگی تھی۔ باہر بیٹھی ہوئی کالی بلی نے اوپر کی طرف منہ اٹھایا تھا اور ایک دردناک آواز میں رونے لگی تھی۔

☆☆☆

منتخب جدید افسانوں کا ایک اور مجموعہ

جدید اردو افسانے (حصہ: 2)

مرتبہ : مشرف عالم ذوقی

بین الاقوامی ایڈیشن جلد منظر عام پر آرہا ہے